떠나지 않으면 안 될 것 같아서

어떤 위로보다 여 행 이 필 요 한 순 간

떠나지 않으면 안 될 것 같아서

이애경 지음

북라이프
booklife

떠나지 않으면 안 될 것 같아서

1판 1쇄 발행 2015년 1월 24일
1판 6쇄 발행 2017년 3월 20일

지은이 | 이애경
발행인 | 홍영태
발행처 | 북라이프
등 록 | 제313-2011-96호(2011년 3월 24일)
주 소 | 03991 서울시 마포구 월드컵북로6길 3 이노베이스빌딩 7층
전 화 | (02)338-9449
팩 스 | (02)338-6543
e-Mail | bb@businessbooks.co.kr
홈페이지 | http://www.businessbooks.co.kr
블로그 | http://blog.naver.com/booklife1
페이스북 | thebooklife
ISBN 979-11-85459-07-3 03810

* 잘못된 책은 구입하신 서점에서 바꾸어 드립니다.
* 책값은 뒤표지에 있습니다.
* 비즈니스북스는 독자 여러분의 소중한 아이디어와 원고 투고를 기다리고 있습니다.
  원고가 있으신 분은 bb@businessbooks.co.kr로 간단한 개요와 취지, 연락처 등을 보내 주세요.
* 북라이프는 (주)비즈니스북스의 임프린트입니다.
* 비즈니스북스에 대한 더 많은 정보가 필요하신 분은 홈페이지를 방문해 주시기 바랍니다.

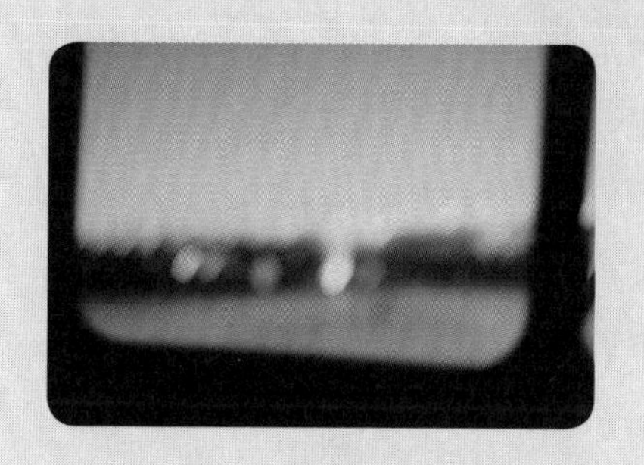

당신이 떠난 자리에 솟아난
나를 위한 작은 움직임.
이제 나를 만나러 갑니다.

어떤 위로보다
잠시 외유外遊가 필요한 순간

밥을 먹어야 할 때가 되면 배가 고프고, 자야 할 때는 졸음이 몰려오듯 우리 몸은 깨져버린 균형을 맞추려 다양한 신호를 보낸다. 하지만 여행의 징후를 담은 메시지들은 공을 토스해주는 세터setter처럼 공격적이거나 적극적이지 않아 재빨리 알아채거나 헤아리기가 쉽지 않다. 그 징후에 귀를 기울이는 것은 오직 그 인생을 살고 있는 나의 몫이다.

영화 《신의 한수》에서 상대하기 힘든 적수를 만난 고수는 이런 말을 했다.

"너무 유연해서 어려워. 부러지지가 않아. 이건 어린아이가 두는 거야. 순수한 사람이."

어린아이와 같은 삶, 굳지 않은 삶은 생명력이 길고 아름답다.

그런 면에서 여행은 고정되어 있던 것, 단단하게 굳어가던 마음을 한 번씩 흐트러뜨려 질서를 다시 잡고, 뭉친 마음의 근육을 풀어주는 처방전과도 같다.

무언가 결정해야 하는데 판단을 쉽게 내리지 못하고 머뭇거리게 될 때, 정해진 삶의 패턴에 익숙해져 그 익숙함을 흔드는 무언가에 거부 반응이 일어날 때, 고마운 사람들에게 오히려 짜증을 내는 일이 잦아질 때, 통장에 적힌 숫자가 늘어나는 것을 체크하며 나도 모르게 안주하려 할 때, 큰마음을 먹고 전해줬을 선물에도 딱히 감동하지 못할 때, 터벅터벅 힘없이 돌아오는 퇴근길이 늘어갈 때, 잘 지내냐는 물음에 "그냥 똑같지 뭐."라고 대답하는 나를 발견할 때. 그때가 바로 익숙함을 버리고 떠나야 하는 때다.

이애경

contents

1

여행은 시작되었다 바람처럼

2

머물고 싶은 순간들

3
외로움이 충돌하는 밤의 길목에서

4
어쩌면 한번쯤 우리는

5

다시 시작될 당신의 여행

1

여행은 시작되었다 바람처럼

영화 같은 삶 속으로
혹은 흥미진진한 미래로
데려다줄 것 같은 입구.

살면서 가끔씩
이런 입구를 만나면
얼마나 좋을까.

여행은 시작되었다,
바람처럼

"넌 왜 이렇게 쉬지 않고 떠나는 거니?"

캐나다로 가는 비행기 안에서
옆자리에 앉은 여행자에게 물었다.
그녀는 여행한 지 200일쯤 된다고 했다.

"바람은 가두면 공기가 되어버리니까.
난 바람이고 싶어.
그래서
그냥 통과하게 놓아두는 거야.
가두지 않고."

그때 알았다.
내가 지금 떠나온 이유를.

Mariahilfer
Straße 150
NOTAR
Dr.-Karl-Renner-Ring
49
1228

떠날 이유를 찾고 있는 당신에게

기하학적 무늬로만 느껴지는 글자들과
의미의 접점을 찾지 못한 소리들로 만연한 낯선 도시.
그곳에 덩그러니 내던져지는 '여행'이라는 움직임에는
소통의 단절에 대한 두려움이 벽처럼 가로막고 있지만
사실 그곳에는
가장 큰 자유로움이 시작되는 입구가 숨겨져 있다.

나에게 익숙한 언어를 쓰는 도시는
부러 의식하지 않아도
언제나 나에게 말을 걸어온다.
사서 데려가 달라고, 먹어 달라고, 와서 봐달라고.
내 눈과 귀에 닿는 순간을 기다리며
칭얼대며 조르기를 무수히 반복한다.

여행이 즐겁고 자유로운 이유는

내게 반응을 요구하는 메시지들로부터
온전히 벗어날 수 있기 때문이다.
내가 그들의 언어 속에서 길을 잃을수록
글자와 음성이 낯설고 이질적일수록
그들이 던지는 메시지에
나는 전혀 반응할 수가 없으니까.
그들의 이야기를 들어주지 않더라도
눈을 흘기지 않고 쉽게 용서해주니까.

조금 더 낯선 곳으로
조금 더 이질적인 곳으로
내 몸을 채근해 떠난다.
나에게 달려드는 모든 의미들로부터
자유로워지기 위해.

결국
그리고 오롯이 홀로 남겨진
말 걸어주기만을 기다렸던 나를 들여다보고
내 이야기에 귀 기울이기 위해.

ZHALLE - HAMBURG:
EINTRITTSKARTEN.de
01805-2001
TicketOnline.de
01805-4470111
040-346920 & am Eingang
RTE DIAMANT, DRONNINGESALEN: LØR. D. 3. NOV. KL. 19³⁰
BilletNET.dk:
70 15 65 65
BilletLugen.dk:
70 26 32 67
Tivoli Billetcenter:
33 15 10 12
Posthuset, FONA Butikkerne
eller ved indgangen.
AN EXCLUSIVE EVENING WITH...
UL ANDERSON
EXPERIENCE
PLAYS
JIMI HENDRIX
DEN SORTE DIAMANT
DRONNIGESALEN, KGL. BIBLIOTEK
"Yul Anderson synger som Jimi, spiller
virtuos guitar og har den rette urkraft.
Det er vildt og ret spændende" - Kjeld Frandsen,
Berlingske Tidende
"Ren Hendrix" - Ekstrabladet
"Kronprinsen af Jimi Hendrix musik" - B.T.
RDAG D. 3. NOVEMBER KL. 21:30
BILLETnet.dk: 70 15 65 65, Posthuset, Billetlugen.dk: 70 26 32 67, Tivoli Billetcenter:
5 10 12, FONA-Butikkerne eller ved indgangen. www.yulanderson.com

여행
가방

네모난 가방 하나에 내 인생이 다 들어간다.
여권, 지갑, 카메라, 일기장, 옷 몇 벌, 화장품 몇 개.
겹겹이 생각해서 꼭 필요한 것들만 집어넣고
막 출발하려는 기차처럼 냉정히 문을 닫아버린다.
생각이 길어지면 가방 안으로 침범하려는 것들이 줄을 서고
인생을 끌고 가는 내내
버거운 무게로 몸과 마음이 지쳐버리기 때문이다.

하지만 짊어지고 온 인생을 펼치는 순간 발견하는 건
가방 안에는 내 인생이 존재하지 않는다는 사실.
애써 고르고 골라 힘들게 들고 온 것들도
헛헛하리만큼 보잘 것 없는 소모품이라는 걸
가방을 풀어놓은 후에야 비로소 깨닫게 된다.

활자와 사진으로 정리된 여권 하나가

EARLS COURT STATION
N. PICCADILLY &
BROMPTON RAILWAY
BUREAU de CHANGE
THE GREATEST
BRITISH MUSICAL
BILLY ELLIOT
THE MUSICAL

나의 존재를 유일하게 설명해주고,
카메라에 담은 사진과 수첩에 흘려 쓴 글자들이
지나간 순간들을 기억하게 해주지만
그것 또한 나를 에둘러 설명할 뿐
나 자신은 아닌 것을.

결국은
두고 온 듯한 인생을 채우기 위해
길을 걷다가도 상점을 기웃거리고
새로운 짐을 차곡차곡 얹는
허기진 행위를 반복하게 된다.

공항에서 자주 마주하게 되는
꾹꾹 눌러 담아 터질 듯 위태로운 가방은
어쩌면
버리지 못하고 자꾸만 주워 담으려는
굳어버린 못된 생각 같은 것.
무거워 어쩔 줄 몰라 하면서도
그 무엇도 버리지 못하는
실패한 존재로의 귀의를 드러낼 뿐이다.

나를 위해 한번쯤은 로그아웃

비행기 좌석에 앉아 노트북을 켰는데 갑자기 글씨가 써지지 않는다. 아무리 자판을 눌러도 화면엔 아무 반응이 없다. 버튼을 잘못 누른 건가 싶어 전원을 껐다가 다시 켜도, 자판을 아무리 세게 두드려도 묵묵부답.

바이러스 때문인가? 아, 혹시 프로그램 제거할 때 뭔가 잘못 지웠나? 노트북의 무언의 시위가 계속되자 불안해진다.

며칠째 인터넷 뱅킹을 할 때마다 계속 오류가 났다. 비행기에 오르기 전, 꼭 마무리를 해야 할 일이 있어 급히 원인을 검색해보니 키보드 보호 프로그램들의 충돌이 문제일 수 있다고 했다. 지워야 할 프로그램 리스트도 누군가 친절하게 올려놓았다. 나는 컴퓨터 기술자가 된 것 마냥 고민 없이 리스트에 있던 프로그램들을 모조리 삭제해버렸다.

난 이미 비행기를 탔고, 해외에서는 노트북을 고치기 어려울 뿐더러 비용도 만만치 않을 것이다. 시작부터 모든 계획이 어그러지는 것 같다. 저렴한 노트북을 하나 사야 하나? 원격조정으로라도 컴퓨터를 봐달라고 한국에 연락해볼까? 온갖 생각들로 머릿속이 혼란스럽다.

기내를 돌아다니면서 컴퓨터 기술자가 있는지 찾아볼까? 스튜어디스한테 방송을 해달라고 할까? 위급한 환자가 생겼을 때 기내에서 안내방송을 하는 것처럼 말이다. 글 쓰려고 떠난 여행인데 글을 쓸 수 없는 상황이니 이 정도면 나에겐 초특급 위기다.

답답한 마음에 대답 없는 자판만 두드린다. 마치 음소거 버튼을 누른 TV처럼 키보드는 반복되는 손가락의 움직임에도 결과물을 내놓지 않는다. 한 시간 동안 씨름을 하고 나서야 이건 내가 어찌할 수 없는 일이라는 결론을 내린다.

그래, 글 쓰는 건 포기하고 이번 여행은 그냥 즐기자. 여기저기 돌아다니고 사진이나 많이 찍으면 되지. 모든 상황을 인정하고 받아들이니 마음이 한결 가볍다.

해야 할 일로 가득했던 여행은 목적을 잃었지만 의외로 여느 여행과는 다른 것들을 얻을 수 있었다. 노트북을 숙소에 놓아두고 가볍게 거리로 나섰고, 내 머릿속에 있는 것을 밖으로 내어놓는 데 힘쓰기보다는 보고, 즐기고, 맛보고, 배우며 머릿속을 가득 채우기 시작했다. 얼떨결에 하게 된 '충전'이었다.

upstairs !!!
WE ARE
IMPOSSIBLE

그간 방전 표시등이 깜박이는 걸
애써 모른 척해온 나에게
삶이 보내는 경고가 아니었을까.

일상으로부터 잠시 로그아웃.
나를 둘러싼 일들에 대해 관심을 끄고
노력을 멈추는 것.
이번 여행에서 해야 했던 일은
그냥 쉬는 일이었는지도 모른다.
목적을 이루지 못한 여행이 아니라
진짜 중요한 것을 배우기 위해 떠난 여행이었을지도.
값비싼 대가는 치렀지만
그보다 더 귀한 걸 배웠다.

나에게
단 하나 부족한 것

여행을 좋아하고

일하는 것을 즐기고

적극적으로 살기 위해 노력하는 나에게

부족한 것이 딱 하나 있다.

그것은

아무 것도 하지 않을 용기.

What the Pug?
magazine
KILLER PUG ON THE RUN!
PUGS GONE WILD!

고집과
유연성의 사이

오스트리아 공항에서 시내로 가는 길.
공항에서 전철을 타라는 책에서 읽은 정보만 믿고서
공항안내소 직원이 친절하게 버스를 타라고 하는데도
전철을 타겠다고 우겼다.
그럼 그렇게 하시라는 그녀의 표정.

기차를 타고, 내려서 다시 전철로 갈아타
거의 2시간이나 걸려 숙소에 도착했다.
나는 그제야 공항에서 숙소까지 버스를 타면
40분 만에 도착할 수 있다는 걸,
게다가 요금은 삼분의 일밖에 안 된다는 걸 알게 되었다.

그건
남의 말을 귀담아 듣지 않았다거나
나만 옳다고 우기는 고집이라기보다는

PROUDLY

이미 한 목표에 고정된 나의 시각 때문에
다른 정보를 받아들일 마음의 여유가 없었던 것이다.

어른이 된다는 건
몸만 뻣뻣하게 굳는 것이 아니라
생각이 흘러가는 길까지 굳어지게 되는 것.
중요한 건
끝까지 유연성을 잃지 않는 것이다.
마음도, 생각도, 몸도.

내 생각을 주장하더라도
다른 사람이 말할 때는 묵묵히 귀 기울여 들어야 한다.
특히 나보다 그 상황을 잘 아는 사람이 말할 때는 더욱 더.

나도
선인장이 되었을까

영상 45도를 넘는 뜨거운 날씨.
에어컨을 틀고 차 안에만 있어도 땀이 나는
사막의 도시, 피닉스Phoenix에서
잠시 차를 세우고
따가운 햇볕 아래 묵묵히 서 있는 선인장에게로 갔다.

말라비틀어진 허리 아랫부분은
아마도 세월이 지나간 흔적일 터.
마치 큰 부상을 당하고도
꿋꿋하고 당당함을 잃지 않는
전장의 노장처럼
선인장은 그 자리에 서 있었다.

섭취한 물을 빼앗기지 않기 위해
잎이 변해 가시가 되었다는 선인장.

우린

우리가 가진 것을 뺏기지 않기 위해

어떻게 변해왔을까.

Nabucco

낯선 도시에서의 하루

스위스 로잔Lausanne에 머물고 있는 내게 그곳에 살고 있는 친한 동생이 이탈리아의 밀라노Milano로 당일 여행을 다녀오는 게 어떻겠냐고 물었다. 유럽에 머무는 동안 가보고 싶은 도시는 많았지만 대부분 하루 일정으로 다녀오기에는 너무 멀었다. 그나마 밀라노는 기차를 타고 4시간이면 갈 수 있다고 하니 가서 앤초비를 얹은 피자나 먹고 올까, 하는 생각이 들었다.

다음날 6시, 기차를 타기 위해 새벽부터 서둘렀다. 20만 원이 넘는 왕복기차표를 사고, 플랫폼 안으로 들어가 모터쇼 전시장에 미끈하게 전시된 신형 자동차처럼 도도하게 정차해 있는 열차에 올랐다. 기차가 출발한 지 한 시간여 지났을까 갑자기 실내가 소란스러웠다. 산사태가 나서 철로가 막혔다고 했다. 스위스 이젤Esel에서 내려 이탈리아의 도모도솔라Domodossola까지 버스를 탄 다음, 그곳에서 다시 기차를 타고 밀라노까지 이동한다고 했다. 안내방송은 독일어, 프랑스어, 영어로 계속 반복됐고, 그 세 가지 언어가 모국어가 아닌 외국인들은 주위 사람들을 붙잡고 방송 내용을 제대로 이해했는지 확인하느라 객실은 몹시 분주했다.

안내방송으로 고지한 역에 도착하자 사람들은 모두 기차에서 내렸다. 나는 비행기 비용보다 비싸게 지불한 기차 여행이 어떻게 이럴 수 있는가 싶어 좀 심술이 났는데, 사람들은 그러려니 하고 걸어가는 것 같았다. 5분 정도 걸으니 버스가 대기하고 있었다. 나는 일등석에라도 앉겠다는 심정으로 버스 맨 앞자리에 자리를 잡고 앉았다. 창 쪽으로 눈길을 돌리고 멍하니 있는데 누군가 말을 걸었다.

남미 혹은 스페인 사람이 아닐까 싶은 외모의 젊은 남자가 옆자리가 비어 있냐고 물었다. 나는 고개를 끄덕였다. 방긋 웃던 그는 지갑과 가방을 의자 위에 덜렁 던져놓더니 다시 버스 밖으로 나갔다. 내 옆 자리에 놓인 두툼한 그의 지갑을 보면서 생면부지의 사람에게 순식간에 심은 그의 믿음이 무모할 정도로 경이롭다는 생각이 들었다.

그는 커피 한 잔을 사들고 버스로 돌아왔다. 지갑은 체크도 하지 않고 그냥 가방에 집어넣었다. 자리에 앉아 커피를 홀짝이던 그는 내게 어디까지 가느냐고 물었다. 밀라노에 간다며 정중하게, 하지만 더 이상 내 사색의 시간을 방해하지 말아달라는 표정으로 단호하고도 말갛게 웃어주었다. 그는 제네바Geneva에 사는데 오랜만에 휴가를 내고 밀라노에 간다며 흥분된 표정으로 혼자 이야기하기 시작했다. 그의 레퍼토리는 그가 스위스로 모셔온 부모님부터 페루에 있는 친척들까지(알고 보니 그는 페루 사람이었다) 끊이지 않고 누룩처럼 번져나갔다. 그러다 갑자기 그가 급정거하듯 물었다. 혼자 여행하는 거면 밀라노에서 함께 다니지 않겠느냐고.

나는 그의 말을 못 알아들은 체했다. 출처를 알 수 없는 억양이 섞여 있어 그의 말을 알아듣지 못하는 척하는 건 쉬웠다. 사실 그는 지갑을 던져놓을 때부터 이미 나에게 적의가 없는 것이 분명했다. 혹은 모르는 사람으로부터 처할 수 있는 위험에 대한 개념이 아예 없는 순박한 사람일지도 몰랐다. 하지만 아무래도 낯선 사람과 함께 여행하는 건 위험하다고 생각했다. 나는 대답을 피한 채 시선을 앞 창문에 고정시켰다. 나의 시큰둥한 반응에도 그는 꿋꿋하게 이야기를 이어나갔다.

이상하게도 그의 이야기를 들으면 들을수록 착한 사람이구나, 하는 생각이 들었다. 그건 뭐랄까, 오랜 경험에서 나오는 촉이 주는 파란 신호등 같은 것이었다. 나는 예스, 노에서 벗어나 어느 순간부터 그의 말에 문장으로 답을 했고, 그걸 알아챈 그는 내게 남자친구가 있냐고 물었다. 순간 명민한 내 촉이 시차에 적응하지 못하고 사람을 잘못 봤구나 싶어 머릿속이 혼란스러웠다. 아, 이 사람을 어떻게 떼어놓을까.

남자친구가 있다고 하면 더 이상 말을 걸지 않겠지만 다시는 만날 일이 없는 사람에게 거짓말을 하고 싶지는 않았다. 짧고도 분명하게 "No!"라고 답했다. 그건 내게 남자친구가 없을 뿐만 아니라

지금 남자친구를 만들 생각도 전혀 없다는 의미를 내포하고 있는 묵직한 대답이었다. 그런데 그가 이렇게 말했다.

"아, 그래? 나는 남자친구 있는데."

내가 고개를 갸우뚱거리자 그가 말했다.

"난 게이야. 내 남자친구는 스위스 사람이고."

경계심으로 날을 세우고 있던 내게 던진 그의 말은 평화조약처럼 내 마음을 순식간에 녹여버리고 말았다. 아, 내 생각이 맞았구나. 그가 갑자기 고향 친구처럼 느껴졌다.

그러는 사이 버스는 도모도솔라에 도착했다. 역에는 곧 안식년에 들어갈 듯 노쇠한 열차가 승객들을 기다리고 있었다. 페루 출신의 그 남자와 나는 두 명의 여자가 앉아 있는 코치coach 형식의 열차 칸에 들어갔다. 의자는 금방이라도 내려앉을 것 같았다. 나는 가방에서 책을 꺼내 펼쳤고, 그는 옆에 앉은 아주머니에게 이야기를 하기 시작했다. 내가 버스에서 들었던 이야기의 재방송이었다. 그의 이야기를 곁귀로 흘려들으며 나는 속으로 웃었다. 이 사람 재밌네, 하며.

그의 경쾌한 수다를 배경으로 책을 읽다보니 열차는 어느새 밀라노 역에 도착했다. 그는 지도가 필요하지 않느냐며, 함께 지도를 구하러 가자고 했다. 그가 성큼 앞장섰고 나는 뒤를 따라갔다. 관광 안내소에 도착하자 그는 스페인어로 이것저것 물어보더니 지도 두 장을 받았다. 안내소 직원이 스페인어를 할 줄 알아 행운이라며, 음식점들이 많이 모여 있는 식당가가 어디냐고 물었더니 좋은 식당도 함께 소개해주었다는 것이다. 음식점에서 일한다더니 중요한 것이 무엇인지를 아는구나 싶었다. 중요한 레시피를 비밀리에 공유한 것처럼 신이 났다.

나는 그에게 두오모Duomo와 근처를 함께 구경하고 소개받은 곳에서 점심을 먹은 뒤 따로 여행을 하자고 했다. 그가 당연하다는 듯 웃었다.

두오모에 도착하자 그는 내가 매고 있던 묵직한 카메라를 가리키며 사진 찍어줄까, 하고 손으로 물었다. 내가 마치 소중한 보물을 뺏기는 냥 고개를 절레절레 흔들자 그는 나에게 자기 카메라를 주고는 성당 가까이로 달아나면서 자기를 찍어달라고 했다.

내가 카메라를 들고 도망가면 그뿐인데. 그는 내가 카메라를 주지 않은 의미를 알았을까? 그가 스스럼없이 내민 카메라에 조금 부끄러워졌다.

우리는 근처 쇼핑가를 구경한 후, 지하철을 타고 맛있는 식당들이 많다는 포르타 제노바Porta Genova 지역으로 향했다. 지하철은 그리 복잡하지 않아 갈아타고 돌아다니는 데 무리가 없었다. 식당가

골목에서 그는 기차역에서 안내받은 '우드스탁'이라는 레스토랑을 찾아냈다.

우리는 창가 쪽에 자리를 잡았고, 그가 고르는 대로 음식을 시켰다. 그의 탁월한 선택들이 테이블 위에 진열되고 음식이 입으로 들어가는 동안 그는 자신의 인생 이야기를 해주었다. 페루에서 스위스로 오게 된 이유, 그 과정에서 겪어야 했던 고통 그리고 그의 남자친구에 관한 이야기를. 나는 그가 꼭 만나고 싶어 하는 신을 만나게 될 것이라고 말했다.

헤어지기 전, 그는 편견을 갖지 않고 자신의 이야기를 들어줘서 고맙다며 지도를 펼쳐서 관광안내소에서 들은 '꼭 가봐야 할 곳'을 짚어주었다. 예술인들이 주로 살아 '아티스트의 거리'라고 불린다는 그곳은 관광객에게 아직 잘 알려지지 않은, 지역 사람들에게만 허락된 보물창고 같은 곳이라고 했다. 내가 글을 쓰는 사람이라고 했던 것을 기억해 알려주는 것 같았다.

함께 가지는 않았지만 그는 내가 가야 할 길의 방향을 가르쳐주는 것만으로도 이미 나에게 최고의 것을 베푼 셈이었다. 우리는 콜라로 건배를 하고 헤어졌다.

그가 알려준 곳에서 나는 꽤 많은 시간을 보냈다. 밀라노의 자랑이라는 두오모와 쇼핑센터가 즐비하게 늘어선 패션 거리를 보고 다소 실망했는데 그곳에서 다 보상받는 듯했다. 신이 난 나는 젤라또를 사들고 걷고 또 걸었다. 그리고 발길을 돌려 향한 스포르체스코

성Sforzesco Castle에서 관광을 마치고 나오는 그와 다시 마주쳤다. 그는 오랜 친구를 만난 듯 반갑게 손을 흔들며 다가와 인사를 하고선 저쪽이 입구라고 손가락으로 가리켰다. 나는 그가 알려준 입구 쪽으로 몸을 돌리며 그에게 웃어주었다.

다시 스위스로 돌아오는 길, 로잔으로 가는 기차를 타려고 플랫폼에 서 있다 그를 다시 만났다. 그는 새 친구와 신나게 이야기를 나누고 있었다.

반나절도 안 되는 짧은 시간 동안 한 사람의 인생은 편견 없이 받아들여졌고, 한 사람의 발걸음은 방향을 잡았다. 앞으로도 주춤거리거나 헤매고 있을 때 내 길에는 이런 이정표들이 나타나주겠구나. 내게 선물처럼 주어지는 그런 친절함이 내 삶의 곳곳에서 나를 기다리겠구나. 순간 마음이 탁, 놓이며 모든 것이 안심되었다.

나는 그에게 다가가는 대신 힘껏 손을 흔들었다. 그도 나를 향해 힘차게 손을 흔들어주었다.

HOTEL

순간에
머무르기

붙잡아두고 싶고
기억하고 싶은
순간이 있다.

사진과 영상으로
그 모든 순간을 선명하게 기록할 수도 있지만
최고의 순간에
셔터를 누르지 않는 사진가처럼
우리는 때로 사진을 찍지 않고
순간에 머무르는 것이 필요한 때도 있다.

마음으로 기억하고
각인하기 위해서.
더 깊고 달콤한 추억으로
오랫동안 간직하길 원한다면.

벚꽃보다
청춘

벚꽃을 보러 가기 위해 도쿄행 비행기를 예약했다. 몸과 마음을 움츠리게 하는 겨울에서 빨리 벗어나고 싶은 생각이 간절했다. 벚꽃 개화시기를 살핀 뒤 비행기와 숙소를 예약했는데 도쿄행 비행기에 오르기 2주 전, 이미 도쿄에 벚꽃이 활짝 피었다는 아나운서의 흥분된 목소리가 뉴스를 통해 들려왔다. 도쿄에 봄이 너무 빨리 와버린 것이다. 한국은 아직 겨울이 꼼짝하지 않고 버티고 있었지만.

오리 보트 위에서 반짝이는 벚꽃을 볼 수 있는 이노카시라 공원이나 소박한 취객들의 귀여운 취중진담을 엿들을 수 있는 우에노 공원으로 벚꽃을 구경하러 가는 건 포기했다.

어쩌면 더 잘 된 일인지도 모른다. 벚꽃이 활짝 핀 도쿄는 봄이라기보다는 초여름에 더 가까울 테니까. 내 얼어붙은 마음이 더 쉽게 녹을 테니까.

"엘리지가 말했어요.
세상은 생각대로 되지 않는다고.
하지만 생각대로 되지 않는다는 건 정말 멋져요!
생각지도 못했던 일이 일어나는 걸요."

몽고메리의 소설 《빨강머리 앤》에서 '앤'의 말처럼 세상은 늘 내 생각대로 돌아가지 않는다. 그러나 영특한 그녀가 말했듯 생각대로 되지 않기에 생각지도 않은 놀라운 일들이 생기기도 한다.

벚꽃을 포기한 나는 다른 기대감을 갖고 일본으로 향했다. 생각지도 못했던 즐거운 일들이, 봄보다 더 따뜻한 기쁨의 순간들이 솟아나기를 바라면서.

그곳에서 나는 열여덟 소녀가 된다

"금요일 밤인데 춤추러 가봐!"

쿠바 트리니다드Trinidad의 민박집 아주머니가 대한독립만세를 외치는 투사처럼 결연하고 큰 목소리로 소리친다. 옆을 돌아보니 아들 파블로가 아주머니의 입을 틀어막으며 귀여운 몸싸움을 하는 중이었다. 나에게 들려주고 싶지 않은 이야기를 엄마가 한 모양이었다. 파블로는 내가 민박집에 도착했을 때부터 나를 여자친구로 점찍었다며 따르던 다섯 살 꼬마 녀석이다. 파란 눈의 작은 악당은 자기를 두고 다른 남자와 춤을 추면 안 된다며 나에게 달려와 안겼다. 나는 나에게 찰싹 달라붙은 아이가 귀여워 안 가겠다고 하고 싶었지만 전날 친구들과의 약속이 떠올라 "생각해볼게."라고 답하고 밖으로 나섰다.

수도 아바나Habana에서 6시간 정도 버스를 타고 도착한 트리니다드는 한적한 시골마을이었다. 마을 주민 거의 대부분이 관광수입으로 먹고 사는 곳으로 지금은 상당히 상업화되었다고 하는데 그 당시만 해도 수수한 마음이 가득한 시골 도시였고, 유네스코에서 지정한 세계문화유산에 등재될 정도로 마을 구석구석이 그림처럼 아름다운 곳이었다.

어둠이 안개처럼 내릴 무렵이면 골목에 카세트나 라디오를 가지고 나와 음악을 틀어놓은 채 여자들은 저녁식사를 준비하고, 아이들이나 남자들은 밖으로 나와 리듬에 맞춰 몸을 흔들었다. 집들이 빼곡하게 모인 골목에서 그들은 대문처럼 생긴 집의 창고 문을 열고서 옷이나 그림, 액세서리 등을 진열해 팔았다. 관광객들이 지나가면 그들을 불러 물건을 사라고 호객행위를 하는 게 하루 일과의 거의 전부였다. 내가 보기엔 놀며, 장사하며, 소일하며 하루를 보내는 것 같은데도 트리니다드의 주민들은 마치 고된 노동을 한 하루였다는 듯 그들만의 춤의 축제를 열었다.

그렇게 삶에 춤과 음악이 배어 있는 그들이 본격적으로 춤을 추기 위해, 음악을 즐기기 위해 모인 곳을 경험하는 것은 또 다른 재미였다. 가보지 않을 이유가 없었다. 단, 외국인이라 위험할 수도 있으니 너무 안쪽에 가서 놀지만 말라고 했다.

나는 여행지에서 만난 언니와 함께 클럽이 있는 위치를 더듬어 찾아갔다. 이름은 기억나지 않는데, 아니 이름이 애초부터 없을 것 같은 클럽이었다. 사실 클럽이라기보다는 큰 저택의 앞마당에 모여 춤을 추는 마당축제였다. 밤 10시가 넘어서 어둠이 완전하게 깔리

자 벽 쪽에 앉아 있는 할아버지 밴드의 리드미컬한 연주가 시작되고 사람들은 그 음악에 맞춰 신나게 춤을 추었다. 몸치인 사람과 박치인 사람, 전문 댄서, 노인과 아이들, 관광객과 주민들이 한데 섞여서 즐겁게 춤을 추었다. 그 누구도 춤에 대해 잣대를 들이대지 않는 듯 그들은 자신들만의 춤을 췄다.

한켠에 서서 춤추는 사람들을 바라보고 있는데 누군가 내게 말을 걸었다. 나보다 한참 어려 보이는 청년이었다. 동양 여자를 처음 본 것인지 그가 신기한 눈으로 나에게 물었다.

"몇 살이에요?"

나는 그에게 되물었다.

"몇 살처럼 보여요?"

여러 가지 음악이 동시에 연주되며 음악은 점점 고조되고 클럽 안은 열기로 가득했다. 사람들은 마치 튜브를 타고 바다 위를 둥둥 떠다니는 듯 천천히 몸을 움직였다. 고개를 갸우뚱하던 그가 내게 소리쳤다.

"스무 살?!"

내가 어깨를 으쓱해 보이니 “열여덟 살?” 하면서 더 내려간다. 우물우물 거리는 것을 봐서는 숫자를 더 늘릴 생각은 없는 것 같다.

나는 그의 얼굴에 대고 “Yes!” 하고 소리친 뒤 밖으로 나왔다. 그 기분을, 열여덟 살이 된 그 기분을 밤의 번잡함 속에 잃지 않고 싶어서였다. 별빛이 달처럼 도드라진 밤길을 따라 민박집으로 돌아오는 길에 나는 언니와 함께 깔깔대며 웃었다. 그곳에서도 오롯이 빛난 나의 청춘을 축하하는 의미에서.

여행
예찬

여행지에서 만난 사람들,
여행지에서 일어난 일들,
여행지에서 향유하는 순간들.
여행이 가져다주는 깨달음으로
우리의 일상은 넉넉해진다.

때로는 여행지에서
평소 시도하지 못했던 일들을
스스럼없이 해보기도 하며
그 과정에서 또 다른 나를 발견하기도 한다.
그래서 떠나면 떠날수록
내가 누구인지 더 잘 알게 되고
길은 더 선명하게 드러난다.

The Original Tour
London Sightseeing

2

머물고 싶은 순간들

평범한 곳에서 마주친 낯선 일상이
낯선 곳에서 마주친 평범한 일상이
잃어버린 기억의 첫 조각을 맞추듯
인생의 퍼즐을 풀어주는 때가 있다.

낯선 침대에서 눈을 뜨다

바람을 질투하는 햇살이
내 눈을 간질이는 바람에 눈을 떴다.
녹슨 철로를 스치고 지나온 비릿한 바람 냄새,
낮게 드리워진 구름 속에서 유유히 빛을 쏘아대는 햇살.
모든 것이 낯설다는 건
내가 집을 떠나왔다는 증거.
슬며시 입가에 나선형의 파장이 번진다.

어젯밤 내가 몸을 뉘인 곳이
익숙한 내 침대가 아니라는 건
눈을 뜨기도 전에 본능적으로 알게 된다.
내 냄새가 배어 있지 않은 베개,
버석거리는 침대 시트,
심지어 습도와 밀도가 다른 방 안의 공기도
내 몸과 밤새도록 씨름했을 테니까.

춤을 추고 나면
춤추는 법을 알게 될 거야

소박하고 정겨운 마을 트리니다드. 한 동네에서 며칠을 지내다보니 금세 옆집, 뒷집, 앞집 이웃 사람들과 눈인사를 하는 사이가 되었다. 하루는 공원에 산책을 나갔다가 옆집에 사는 할아버지를 만났다. 그는 벤치에 앉아 시가를 입에 물고는 햇볕을 쬐며 앉아 있었다. 나도 그 옆에 앉아 여행 가이드북을 읽었다. 파란 하늘이 더욱 도드라진 오후였다.

"춤출 줄 아니?"
"저는 노래를 잘해요."

나는 몸치라고 이야기하기 싫어 돌려 말했다. 하지만 이따가 저녁에 카페로 오라는 할아버지의 권유를 피해갈 수는 없었다. 그가 춤만 배우면 완벽할 거라고 아이처럼 좋아했기 때문이다.

자의반 타의반으로 찾은 카페에서는 이미 음악과 춤이 어우러지고 있었고, 할아버지는 나를 보자 손을 흔들었다. 그리고 천천히 내게 걸어와서는 같이 춤을 추자고 하셨다. 거동이 불편한 할아버지가 음악이 나오니 달라졌다. 낡아버린 몸과는 상관없이 세월과 밀접하게 밀착된 리듬이 몸에서 자연스럽게 흘러나왔다. 위대한 철학자의 명언을 직접 들은 것처럼 나는 경외감에 휩싸였다.

기본 스텝이라도 배워야 할 것 같은데, 괜히 엉기적대다가 다른 사람을 방해하는 게 싫어 구석에서 가르쳐달라고 했더니 할아버지가 고개를 저으며 나를 무대 중앙으로 이끌었다.

"춤을 추고 나면 춤추는 법을 알게 될 거야."

그는 춤을 추면서 나에게 스텝과 손동작을 보여주었다. 내 다리와 팔은 무질서하고 불규칙적으로 음악과 불협화음을 만들어냈지만 할아버지의 순수한 열정 덕에 조금씩 틀을 잡아가기 시작했다.

할아버지는 대학에서 경제학을 가르쳤던 교수라고 했다. 트리니다드의 사람들은 허름하고 궁핍해 보이지만 교수나 선생님도 많다고 했다. 물론 월급은 15~20달러밖에 되지 않지만 살사와 춤과 음악이 있는 삶에는 별로 고단함이 없는 듯 보였다.

음악이 바뀌고, 내 손을 잡고 춤을 추던 할아버지가 나를 어떤 여인에게 넘겨주었다. 그녀는 살사 댄스를 가르치는 선생이라고 했다. 할아버지의 호탕한 웃음을 뒤로하고 그녀는 내 손을 잡고 확, 잡아챈 뒤 나를 돌리기 시작했다. 나는 갑자기 빨라진 스텝과 정교

해진 손동작에 적응하지 못해 어쩔 줄 몰라 했다. 그녀는 까르르 웃으면서 계속 자기를 따라 춤을 추라고 했다가도 나를 잡아챘다 던졌다를 반복하며 내가 리듬을 타는 법을 스스로 터득하도록, 음악을 느끼도록 계속 춤을 추었다.

그렇게 얼떨결에 보낸 한 시간 동안의 리듬축제. 아무 것도 아는 것 없이 혼돈의 상태에서 춤을 추고 나니 묘한 감동이 일었다. 보이지 않는 틀에 갇혀 있던 나를 누군가 꺼내준 느낌이었다. 용기가 났다. 알아야 무언가를 할 수 있다는 생각이 조금씩 깨졌다. 알아야 할 수 있는 게 아니라 하다 보면 하는 법을 알게 되겠구나.

"춤을 추고 나면 춤추는 법을 알게 될 거야."

할아버지의 말이 옳았다.

이방인에게 받은 친절

도쿄의 한강이라고 불리는 스미다강과 마주한 어느 카페에 들어섰다. 강바람을 쐬고 싶어 테라스 쪽으로 나갔더니 단정한 스카이 블루 셔츠에 하얀 앞치마를 두른 키가 큰 남자가 내 쪽으로 와서 뭔가를 묻는다. 초고속 스피드 일어다. 아무 말 못하고 눈을 동그랗게 뜨니 “Smoking?”이라고 영어로 다시 묻는다. 고개를 내젓고 발걸음을 돌려 실내로 들어와 구석에 자리를 잡으려고 하는데 이번엔 그가 바깥 풍경을 볼 수 있는 창가 쪽 자리로 눈짓을 하며 환하게 웃는다. 긴 말을 하지 않고도 쉽게 서로를 이해하는 두 사람.

일본에 오면 가끔 느끼는 거지만 거의 비슷한 얼굴을 하고 있는데도 그들의 언어를 자유자재로 구사하지 못하는 이방인을 위한, 어떤 인도주의적 친절에서 비롯되는 호감을 느끼곤 한다. 그것이 또래와 맞닿은 경우, 그 친절함은 조금 더 친밀하고 가깝게 느껴진다. 제한된 일본어와 영어를 섞어 의사표현을 하는 나와 아이의 옹알이를 듣는 것처럼 내게 귀를 기울여주고 이해하려 애쓰는 상대방의 집중도가 마치 친구 사이의 그것처럼 상당히 강렬해지기 때문이다.

여행을 다닐 때 다소 감상적이 된다고 여겨지는 것은 굳게 다잡고 있던 마음의 끈이 풀어져서가 아니라 아이처럼 단순하고 무능력해진 나 자신을 고스란히 밖으로 드러내야 하기 때문이 아닐까. 스카이 블루 셔츠의 남자가 계속해서 컵에 물을 따라주고 불편한 게 없는지 신경 쓰며 서성대는 모습을 보면서 이런 생각이 들었다. 그래서 혼자서도 잘 해내는 내 안에 감추어져 있던 아이의 본성이 만족되자 돌연 나는 행복감에 휩싸였다.

가끔은 아이처럼 도움을 받아야 하는 상황에 나를 던져두고 사람들의 친절을 받아들이는 것도 괜찮다는 생각이 들었다. 타고난 성격도 그렇고, 또 배운 습성도 그렇고 나는 무엇이든 혼자서 해결하려는 성향이 강하다. 일단 남에게 피해를 주는 것이 싫고, 나로 인해 상대방이 부담을 갖거나 애써주는 것도 불편하고 싫다. 그러다보니 누군가 내게 도움을 주려고 할 때 받아들이는 게 쉽지 않다. 물론 내가 다른 사람을 도와줘야 할 때는 전혀 그렇지 않다. 내가 누군가를 차로 바래다주는 건 내게 너무 익숙하고 편한 일이지만 누가 나를 차로 집에 바래다준다고 하면 극구 사양하고 돌아서는 게 내 스타일인 것이다.

친한 언니는 내게 그것이 병이라고 했다. 서로 도움을 주고받으면서 사는 게 사람 사는 이치라고. 다른 사람의 호의를 받는 법도 알아야 한다고. 하지만 그 이후로도 여전히 도움을 받을 일이 생기면 마음이 움찔거리곤 했다. 그런데 낯선 일본 땅에서 언니의 말이 출렁대듯 가슴에 와 닿았다. 그 말의 의미가 바로 이런 거였구나.

삶이란 완전하지 못한 사람들이
서로를 채워주고 잘 서 있을 수 있도록
서로 지탱해주는 것이다.
내가 힘이 있을 때는 누군가에게 나의 어깨를 빌려주고
내가 힘들 때는 누군가에게 기대하고 의지하는 것.
어쩌면 삶을 살아가는 데 필요한
이런 지혜를 얻기 위해
여행을 하는지도 모른다는 생각이 들었다.

외로운
'이랏샤이마세'

고된 하루일과를 끝내고
일본 사람들은 선술집에 들르거나
집 앞의 야키도리 가게에 들러
맥주를 한 잔씩 하곤 한다.
어떻게 보면
우르르 몰려가 부어라 마셔라, 하며
떠들썩하게 외치는 한국 사람들보다
더 근본적으로 외로울지도 모른다.

"이랏샤이마세~!"

선술집에 들어오는 손님을 향해 외쳐주는 건
그들이 거기까지 동행해온 외로움을 털어내듯
툭툭, 어깨를 두드려주는 위로의 말일 것이다.

그렇게라도 말을 걸어주지 않으면
하루 종일 한 마디도 하지 않았을 사람들이
연기가 자욱한 선술집 안에
처연한 몸짓으로 앉아 있을 것 같다.

나는
일본어를 하지 못하는 게
다행이라고 생각했다.
내가 하루 종일 한마디도 하지 않는 게
그렇게 이상한 일은 아닐 테니까.
그렇게 외로운 일은 아닐 테니까.

ジンジャー
セット

따로
또 같이

스위스 베른Bern에 있는 한 펍에 앉아
그곳에서 유명하다는 감자튀김을 먹고 있었다.
한 남자가 다가와서는 내 테이블 맞은편에 앉았다.
놀란 눈으로 바라보는 나에게
눈을 한 번 찡긋하더니
옆 테이블의 친구 두 명에게 손을 흔들었다.
그는 내 맞은편에 앉아
옆 자리에 앉은 친구들과 수다를 떨기 시작했다.

평소라면 급작스런 침범이 무례하다고 느꼈을 테지만
그 자신만만함이 귀엽기도 해
그냥 앉아 그들의 이야기를 들었다.

영문도 모르는 채 합석을 하게 된 나는
감자튀김을 계속 먹다가

이어폰을 꺼내 음악을 들었다.

나에게도 말을 걸어줄 무언가가 필요했으니까.

테이블을 나눠 쓰고 있지만

전혀 동떨어진 삶의 가운데에 와 있는

세 명의 남자와 한 명의 여인.

혼자 앉아 있을 때는 그렇지 않았는데

갑자기

외로워졌다.

잠시 후, 내 앞의 그가 일어났다.
다시 한 번 내게 눈을 찡긋하고는
친구들에게 손을 흔들며
자리를 떠났다.

나는 다시 이어폰을 빼고
우아하게 감자튀김을 먹었다.
외로워 보이지 않는 몸짓으로 그렇게.

보고 싶다는
말

– Miss you

3주 정도 여행을 떠나온 나에게
그가 메시지를 보냈다.
평소에도 가끔 쓰는 인사 같은 말인데
덜컹, 마음에 소란이 일었다.

다른 사람들에게 쉽게 듣기도 하고
또 내가 쉽게 하기도 했던 말.
그런데 그의 보고 싶다는 말이
왜 이번엔 사랑 고백처럼 들리는지.

나는 어쩔 줄 몰라 답을 하지 못했다.
왜, 라고 물어볼 용기도
나도, 라고 답할 용기도 없었으니까.
뭐라고 답을 해도
정리되지 않은 내 진심이
고스란히 담겨버릴 테니까.

그랜드 캐니언의 영국인

큰 배낭에 짐을 잔뜩 구겨 넣고
양 옆에 신발까지 매달고선
땀을 뻘뻘 흘리며 걷다
바닥에 털썩 주저앉은 내가
안타까워 보였는지
영국에서 왔다는 제프는
그랜드 캐니언의 협곡을 타고 넘어가는
붉은 해를 등지고서
이렇게 말했다.

"가벼워져야 해. 마음도, 몸도.
어려운 길을 가려면 더더욱 그래야 하지."

그는
장엄한 그랜드 캐니언을 배경으로

나에게 사진을 찍어주고는
손을 몇 번 흔들고 사라졌다.

그가 어디서 왔고, 어디로 가는지
물어보지는 않았지만
어렵고 먼 길을 가는 것이
분명했다.

그의 배낭은
단출하지만
단단해보였으니까.

길을
떠나다

여행을 말할 때
우리는 길을 떠난다고 한다.

'길로' 떠나는 것이 아니라
'길에게' 떠나는 것이 아니라
'길을' 떠난다고 말한다.

여행은
새로운 길로 떠나는 것이 아니라
새로운 길을 향해 가는 것이 아니라
지금 가던 길을 내려놓거나
지금 가고 있던 그 길을 떠나
잠시 안녕, 하는 것인지도 모른다.
내게 익숙한 그 길과.

다시 돌아왔을 때
변한 건 길이 아니라
바로 나 자신이다.

익숙한 길을 걷다 멈출 줄 아는 용기,
익숙한 것들을 내려놓을 줄 아는 용기,
그것이 여행이
길을 떠난 자에게 주는 선물이다.

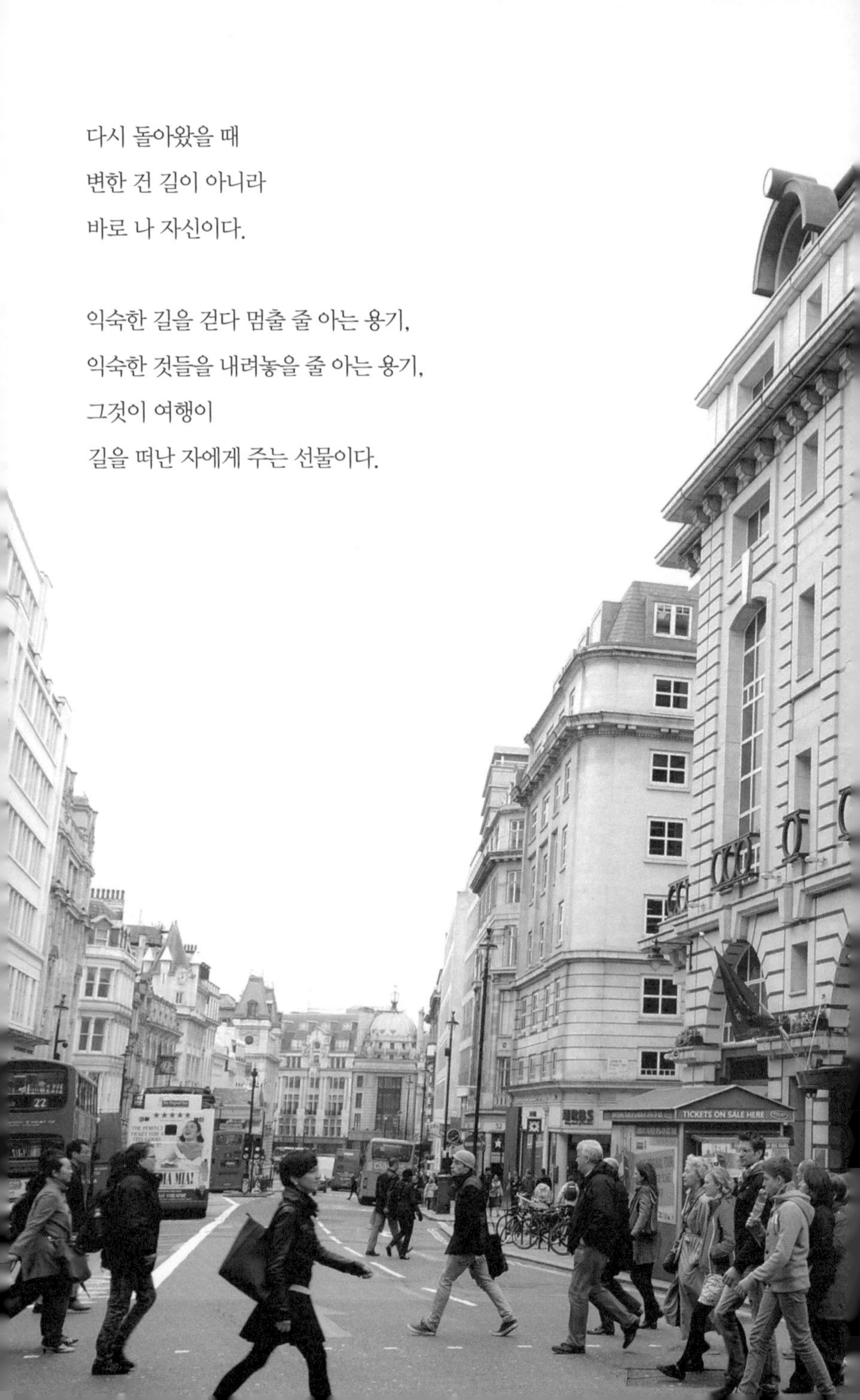

COOL BRITA

폭설로 정체된 공항에서 기다림을 배우다

45년 만에 폭설이 내린 도쿄.
생각지도 않게 눈이 많이 내리니
노천온천욕이 하고 싶었다.
옷을 주섬주섬 주워 입고 호텔을 나섰다.

흰 눈을 맞으며
매캐한 물에 몸을 담그던 그날은
한국으로 돌아가는 비행기를 타는 날.
눈이 와서 그런지 마음이 탁 풀어지듯 여유로웠다.
히노키 사우나에 틀어져 있던 TV에서는
비행기가 무더기로 결항이라는 뉴스가 흘러나왔다.
가야 한다면 가게 되겠지.
소복한 눈발이 나의 조급함을 감싸 안아버린 듯
온천탕을 몇 번이나 들락거리며 노곤함을 풀고 나서야
짐을 싸들고 공항으로 갔다.

오후 6시 비행기는 8시로, 다시 10시 반으로 미뤄졌다.
일정에 차질이 생겨 발을 동동 구르는 사람들과
언젠가는 가겠지, 라는 마음으로
노트북을 펼쳐든 사람들 사이에서
나는 저녁으로 뭘 먹을지를 고민했다.

10시를 넘겨서야 탑승을 하고
눈이 쌓인 활주로가 치워지기를 기다렸다.
이제 출발하는가 싶더니
그새 얼어버린 비행기 꼬리가 녹기를 기다리고
다시 그 사이 활주로에 쌓인 눈을 치우고
또다시 비행기 꼬리 녹이기를 반복.
비행기 안에서 3시간 반을 대기하는 동안
결국 기장은 "제가 할 수 있는 일이 없군요."라고 안내방송을 한다.
앞자리에 앉은 사람은 창밖을 보며 연신 한숨을 내쉬고
그 옆에 앉은 두 사람은 이야기를 시작하고
옆자리에 앉은 남학생은 코를 골며 잠을 잔다.
나는 새벽 2시에 활주로가 닫혀 비행기가 출발하지 못하면
이 많은 승객들은 어디에서 잠을 잘까.
모르는 사람과 한 방을 쓰게 되는 건 아닐까.
그런 것들이 궁금해진다.

200여 명의 다양한 인생이
한 공간 안에 저당 잡혀 있고
그 공간에서 각자의 스토리가 만들어지고 있다.
마음을 삭이지 못해 혼자 분노하는 사람도 있지만
말을 걸고 받아주며 함께 새로운 에피소드를
만들어가는 사람들도 있다.
같은 환경에서 누구는 한숨을, 누구는 웃음을 토해낸다.

우리들의 저당 잡힌 시간에 대한 이야기는
기장이 아무런 안내방송도 없이
활주로를 달려 날아오르는 순간 끝을 맺는다.
나는 모르는 사람과
방을 나눠 쓰지 않아도 된다는 사실에
안심하며 잠이 든다.

마라토너의 미소

토요일 밤의 열기가 열대야처럼 묵직하게 머물렀던 틈을 비집고 적막한 고요가 이슬처럼 젖어든 일요일 오전. 숙소에서 나와 코펜하겐 국립미술관으로 걸어가던 나는 교통이 통제되는 바람에 횡단보도 앞에 서 있었다.

응성대는 아이들의 소리와 멀리서 들려오는 박수 소리가 커지자 테이블 위에 놓인 물통이 저만치서 전해져 오는 발구름의 진동으로 조금씩 떨리기 시작했다. 그날은 하프 마라톤이 열리는 날이었다.

서울에서 봄이나 가을에 마라톤 경기가 열릴 때면 교통을 통제하는 바람에 우회도로로 돌아간 적은 있어도 마라토너들이 뛰는 것을 직접 본 것은 처음이었다. 나는 바리케이트에 바짝 다가섰다.

이미 한 무더기의 선수들이 훑고 지나간 모양이었다. 내가 본 그룹은 선두 그룹을 쫓아 달리고 있던 중위권 그룹이었다. 응원을 하는 사람들은 출전한 친구가 그 길목을 지나갈 때 그의 이름을 부르며 엄청난 환호와 박수로 응원해주었다.

나는 선수들의 얼굴 표정과 몸짓을 하나하나 지켜보았다. 남자와 여자 선수, 청년과 장년 선수들이 뒤섞여 뛰고 있었는데 한참 지켜보고 있으니 선수들을 두 가지 부류로 나눌 수 있었다. 하나는 정말 고통스러운 얼굴로 이를 악물고 뛰는 부류, 다른 하나는 아무 표정 없이, 조금은 넋이 나간 듯한 표정으로 뛰는 부류였다. 그들의 표정만으로도 얼마나 장거리를 뛰어왔는지, 지금 얼마나 고통스러운지를 느낄 수 있었다. 그런데 그 중 얼굴에 만연한 미소를 띤 마라토너가 이쪽으로 달려오고 있는 것을 봤다. 나는 믿을 수가 없었다.

짧은 갈색 머리의 그는 환하게 웃으며 내 옆을 지나갔다. 나는 그의 뒷모습이 사라질 때까지 한참을 쳐다보았다. 이렇게 고통스러운 상황에서 어떻게 웃을 수 있는 것일까. 힘이 드는데도 불구하고 웃는 것이 가능하다면 왜 다른 마라토너들은 하지 못하는 것일까. 그는 과녁을 향해 쏘아진 살처럼 나를 비껴 달려 나갔고, 나는 그 자리에 서서 그가 남긴 여운을 곱씹어봤다.

마라톤은 끊임없이 달려야 하고, 인내력을 요하고, 강인한 체력과 마인드 컨트롤로 '나와의 싸움'에서 이겨야 하는, 기록을 내는 것보다 완주하는 것이 더 큰 승리로 존경받는 운동이다. 그래서 많은 사람들이 인생을 마라톤에 비유한다. 인생은 기록보다 완주하는 것이 더 중요하니까.

그는 아마도 목표에 점점 다가가고 있다는 생각으로 달리지 않았을까? 퉁퉁 부어오른 다리에서는 극심한 통증이 밀려오고 숨이

턱까지 차올랐겠지만 앞에서 응원해주고 격려해주는 사람들의 박수소리를 들었을 것이다. 그래서 그는 웃을 수 있었으리라.

그를 응원해주는 친구들 앞에서 그가 활짝 펴낸 미소는 부메랑처럼 친구들의 고함을 더 굵고 크게 만들었다. 그것은 마치 마라토너가 친구들에게 응원을 받는 것이 아니라 인생의 레이스를 함께 뛰고 있는 친구들에게 마라토너가 '너희들도 힘내라'라고 응원하는 듯한 묘한 반전의 장면이었다.

나는 고통 속에서도 미소를 잃지 않는 마라토너를 보며 용기를 얻었다. 그의 미소가 나에게 힘내라고 북돋워주는 것 같았다. 이렇게 웃으면서 뛸 수 있다고. 너도 할 수 있다고 말이다.

생각을 최소화할 것.

오직 사람들의 박수와 응원 소리만 들을 것.

그리고 언제나 웃을 것.

그것이 마라톤을 아름답게 완주하는 길이다.

DØRING
ZINGLERSEN
ZINGLERSEN

덴마크 여왕을 만나다

코펜하겐에 있는 인어공주 동상을 보기 위해 나선 길이었다. 안데르센이 사랑했다는 니하븐Nyhavn 항구에 도착하니 유람선 투어를 하려는 관광객들이 줄을 서 있었다. 코펜하겐의 수로를 따라 돌며 역사와 문화를 설명해주는 투어였다. 호기심이 발동한 나는 독일인 관광객들 사이에 끼어 유람선을 탔다.

20분쯤 지났을까, 유람선이 어떤 큰 배 앞에 멈춰 섰고, 가이드는 영어와 독어를 번갈아가며 그 배에 대해서 설명하기 시작했다. 퀸 엘리자베스 3세가 타는 배이고, 여왕은 그 배를 타고 유럽 각지를 돌아다니며 회의에 참석하거나 여왕으로서 할 일을 한다고 했다. 그런데 갑자기 가이드가 격앙된 목소리로 소리치기 시작했다. 때마침 이 배에서 회의가 있어 여왕이 이쪽으로 오고 있다는 것이다. 가이드는 평생 이곳에서 일했지만 여왕이 배를 타는 걸 보는 건 처음이라며 흥분한 축구 캐스터처럼 속사포로 말을 내뱉었다.

사람들은 일제히 카메라를 꺼내서 사진을 찍기 시작했다. 삼엄한 경비를 위해 해군 및 해양경찰선으로 보이는 배들이 유람선 주

위로 다가왔다. 가이드의 목청이 더 높아지는 사이, 여왕이 탄 조그만 배 한 척이 큰 배 쪽으로 다가왔다.

처음 보는 여왕의 모습에 관광객들은 모두 흥분해서 어쩔 줄을 몰랐다. 여왕은 내가 타고 있던 유람선을 발견하고는 손을 흔들어 주었다. 사람들은 더욱 환호하며 사진을 찍어댔다. 그렇게 몇 초간의 세레모니가 끝나고 여왕은 배 안으로 소중히 모셔져 들어갔다.

유람선은 다시 수로를 돌아 항구로 진입했다. 나는 인어공주 동상을 보러가기 위해 바쁜 걸음을 서둘렀다. 얼마 안 가 사람들은 대열을 맞추듯 걷기 시작했고 나는 직감적으로 그것이 인어공주를 보러가는 사람들의 대열임을 알아챘다. 몇 분 후 그리 아름답지도, 실망스럽지도 않은 모양의 인어공주 동상과 마주했다.

나는 언덕에 앉아 사진 찍는 사람들을 구경했다. 침묵하며 앉아 있는 인어공주의 모습과는 상반되게 관광객들은 소란했고, 그것은 마치 잔잔한 바다와 한 몸인 듯한 그녀의 곧은 몸짓과는 이질적인 아우성처럼 느껴졌다. 금발의 서양인과 갈색 눈의 동양인들이 뿜어내는 알 수 없는 단어들이 의미가 없게 느껴질 즈음, 나는 일어서서 다시 항구를 향해 걸었다.

그런데 몇 발자국 못 가 사람들이 복작이며 웅성거렸다. 사람들이 몰려드는 틈에 끼어 나도 까치발을 들었다. 내 앞에는 두 시간쯤 전에 바다에서 본 여왕이 있었다. 배에서 내려 전용차를 타는 중이었다. 사람들의 환호가 이어지고 여왕은 차 창문을 열고 사람들의 환호에 손을 흔들며 답을 해주었다.

여왕과 두 번이나 마주치니 마치 잘 아는 사람처럼 여왕이 꽤 친근하게 느껴졌다. 거짓말 같은 우연이었다.

다음날 아침, 나는 의사당 내에 있는 박물관을 보기 위해 일찍 숙소를 나왔는데 '임시휴관'이라고 했다. 휴관일이 아니라는 걸 분명히 확인하고 왔는데 문을 닫는다니 정말 난감했다. 언제쯤 다시 문을 여느냐, 왜 휴관을 하는 거냐며 티켓을 판매하는 직원에게 물었다. 그러자 그녀는 동그란 눈으로 웃으며 말했다.

"여왕님이 지금 여기에 오셨어요."

여왕과의 세 번째 만남이었다. 이 모든 우연이 나를 위해 준비된 선물은 아닐까, 그녀와 내가 어떤 인연으로 연결되어 있는 것은 아닐까, 잠시 엉뚱한 상상도 했다.

누군가와 한 번 스치는 것도 인연인데 한 나라의 여왕과 세 번이나 스치고 지나가면서 갑자기 내가 중요한 사람이 된 것 같았다.

여왕은 여왕의 삶을, 나는 나의 삶을 살지만 뭐랄까, 우리가 마주 선 어떤 공간 속에서 함께 스포트라이트를 받고 있는 느낌이었다. 연극 무대에서 두 주인공이 걸어와 만날 때, 그들을 각각 비추던 조명이 한데로 모아져 밝아지는 것처럼 나는 그곳에서 나에게도 비춰지는 강한 스포트라이트를 느꼈다.

아이러니하게도 여왕을 연거푸 보고 나니 여왕에 대한 경외감보다는 내가 여왕만큼 소중한 사람이라는 생각이 더 강렬하게 다가왔다. 그녀에게 쏟아진 빛처럼 나에게도 동일한 빛이 존재하는구나. 좀 더 과장해서 말하면, 내가 덴마크를 여행하며 만드는 이야기에 그녀가 조연처럼 등장해준 것만 같았다.

'한 나라의 여왕을 카메오로 등장시키는 너라는 사람은 도대체 어떤 인간인 거니?'

나는 스스로에게 질문하며 속으로 웃었다. 그러자 내가 이야기의 중심이라는 어떤 자신감 같은 것이 꾸물거리듯 마음을 간질이기 시작했다. 내가 어디를 가든, 어느 곳을 향하든 내 움직임과 나의 모든 생각은 하나의 스토리를 만들어내고 있다는 것. 그것은 결코 소홀히 하거나 무시해서는 안 되는 중요한 것들임을 깨달았다.

내가 만들어내는 모든 몸짓은 아름다운 것이다. 그렇기에 끊임없이 움직여 몸짓을 그려내야 한다. 아프더라도, 길을 알지 못해도 움직여야 한다. 움직임은 살아있다는 가장 명백하고도 아름다운 증거니까. 그렇게 나의 이야기는 생명력 있게 써질 테니 말이다.

화이트 록의 모터사이클 다이어리

밴쿠버와 시애틀의 접경에 있는 화이트 록White Rock이라는 동네의 카페에 앉아 바닷가를 바라보며 글을 쓰는 중이었다. 머리가 하얀 할아버지가 카페 앞 테라스에서 커피를 마시며 젊은 여인과 이야기를 나누고 있었다. 모니터에 몰두하다가 그들을 쳐다보니 할아버지와 그 여인은 온 몸을 사용해가며 이야기를 이어나가고 있었다. 아마도 이 동네 주민이고 서로를 잘 아는 사이인 것 같았다.

할아버지가 메고 있는 가방을 보니 'Half way to Hawaii'라고 쓰여 있었다. 귀여운 할아버지네. 나는 바다를 바라보며 웃었다. 저런 걸 발견하게 되면 나도 사야겠다고 생각했다. 가끔 소지품에 쓰인 문구들이 내 마음이나 내 삶의 방향을 말해주는 때가 있으니까.

한 시간 정도 지났을까. 할아버지와 이야기를 나누던 여인이 주섬주섬 가방을 챙겼다. 그러자 할아버지가 땅에 내려놓았던 무언가를 집어 들었다. 헬멧이었다. 할아버지는 헬멧을 머리에 쓰고 끈을 고정시키더니 옆에 있던 모터사이클을 잡았다. 이럴 수가. 나는 그

모터사이클이 옆에 있던 젊은 여성의 것인 줄만 알았다.

할아버지는 정말 하와이에 갈 것처럼 단단히 채비를 했다. 아니, 가방에 쓰여 있던 것처럼 이미 하와이로 향하는 여정의 반을 지나 왔을 수도 있다. 아니, 그렇지 않아도 상관없었다. 노인들은 꿈을 꾼다는 말, 나이에 상관없이 산다는 게 그런 것일까. 나는 생면부지인 그의 라이프스타일이 단박에 좋아졌다.

나도 머리가 하얀 할머니가 되었을 때 저렇게 할 수 있을까. 슬로프에서 유연한 곡선을 그리며 내려와 헬멧과 고글을 벗은 그녀가 머리가 하얀 할머니라면? 피식 웃으면서도 왠지 모르게 행복해졌다.

할아버지는 여자에게 손을 흔들어주고 떠났다. 나도 그를 향해 손을 흔들어주었다. 분명 그는 하와이에 도착할 것이라는 믿음의 힘찬 배웅을 담아.

프레디의 흔적을 찾아서

기차를 탔다. 스위스 몽트뢰Montreux에 가고 싶었던 건 딱 한 가지 이유였다. 내가 너무도 좋아하는 그룹 퀸의 보컬 프레디 머큐리Freddie Mercury가 사랑했던 도시이기 때문이다.

기차를 타고 한 시간을 달려 도착한 도시에는 우연히도 뮤직페스티벌이 한창이었다. 그날은 엘비스 프레슬리Elvis Presley를 기념하는 축제가 열리고 있었는데 엘비스 프레슬리를 코스프레한 사람들이 음악에 맞춰 춤을 추며 공연장으로 들어가고 있었다. 숏커트에 콧수염을 붙이고 선글라스를 낀 여성, 기모노를 입은 일본인 여성, 올 화이트로 차려입은 건장한 남자도 이 대열에 합류했다.

나는 무대 바로 앞에서 잠깐 공연을 보다가 공연장 뒤쪽으로 가보았다. 그곳에 프레디 머큐리의 동상이 있었다. 자신감 넘치는 몸짓, 두 다리로 당당하게 서 있는 그의 모습은 정말 '풍채'가 좋았고, 한 팔을 공중으로 치켜든 채 아래쪽을 지긋이 응시하고 있던 그의 표정은 자신만만해 보였다. 사람들은 그의 그런 자신감을 찬양하기

라도 하듯 그 앞에 꽃과 풍선을 놓아두고 한참을 바라보거나 그와 함께 사진을 찍기도 했다.

동상을 보는 일은 자주 없지만 그는 내가 본 어떤 동상 중에서도 가장 자신감이 넘쳤다. 그 자신감은 강한 자존감과 음악에 대한 천부적인 재능에서 타고나온 것일 테고, 그것은 그의 인생과 음악을 아우르는 것이었다. 사람들은 마치 카리스마 넘치는 장군 앞에 선 것처럼 움츠러드는 모습이었다.

나는 한참동안 서서 그 광경을 지켜보았다. 압도된다는 것은 이런 것. 한낱 동상 따위가 사람들을 압도하고 있다는 사실이 굉장히 신기했다. 근엄함과 진중함, 날카로움과 예술성을 조화롭게 아우르는 광기에 가까운 재능. 그의 몸짓과 표정에는 그 모든 것이 담겨 있었다.

나는 문득 그의 뒷모습이 궁금해졌다. 뒤를 돌아가 그를 뒤에서 바라보았다. 그런데 그의 뒷모습에도 그의 카리스마는 여전히 소용돌이치듯 맴돌고 있었다. 뒷모습마저 강해 보이는 사람은 드물다. 누구나 가슴 한구석에 밀어놓은 쓸쓸함이 뒤편에서는 보이기 때문이다. 그러나 그는 달랐다. 그래, 다를 수밖에 없었다.

그에 대해 더욱 궁금해진 마음을 안고 그의 흔적들을 찾아봤다. 지금은 카지노로 바뀌었지만 프레디 머큐리가 작업을 했던 스튜디오도 가보고, 그가 살았다는 아파트도 찾아가봤다. 언덕 위의 어디쯤이라고만 나와 있을 뿐 정확한 위치가 없어 사람들에게 묻고 또 물어봤지만 찾을 수가 없었다.

나는 더 이상 헤매지 않고 다시 바닷가 쪽으로 돌아왔다. 그냥 막연하고 두루뭉술하게 그의 흔적을 그려놓아야 다음에 또 올 수 있을 테니까. 다음 방문 계획에 들떠 있는 내 앞에 여전히 그는 당당한 모습으로 자신이 사랑했던 마을을 그리고 그 앞에 펼쳐진 바다를 바라보고 있었다.

일 년에 한 번씩
비엔나에 머무는 사에코

덩치가 커다랗고 노란 머리의 사람들 사이에 그녀가 조용히 앉아 있었다. 마치 화려한 컬러의 아크릴화 중간에 콜라주로 붙여놓은 수묵화 같은 느낌이기도 하고, 도발적인 록 사운드 사이에 끼워 넣은 아쟁 산조처럼 도드라지는 느낌이기도 했다. 맨 얼굴에 안경을 낀 그녀는 조심스럽게 빵을 잘라 버터를 발라 먹으며 아침 식사를 하고 있었다. 비엔나의 한 호텔 식당에서 앉을 곳을 찾던 나의 시선이 그쪽에 멈춘 것은 당연한 일이었다.

그녀의 옆 테이블 맞은편에 자리를 잡은 나는 그녀에게 꾸벅 고개로 인사를 했다. 동양인의 등장이 반가웠는지 그녀도 미소를 지어주었다. 나는 목소리를 조금 높여 "일본인이세요?"라고 테이블 너머로 물었다. 그녀는 조그만 목소리로 그렇다며 고개를 끄덕였다.

그녀의 영어는 중요한 단어들만 말할 수 있을 정도로 서툴기에 나는 중간중간 초급 일본어를 섞어 대화를 시도했다. 그러면 그녀의 마음이 조금 편해질 것 같아서였다. 내 서툰 일본어를 들은 그녀의 얼굴이 환해졌다. 갑자기 속사포처럼 일본어를 쏟아붓는 그녀의

단어들을 비집고 나는 일본어를 조금밖에 할 줄 모른다고 잠시 멈춤 사인을 줬다.

그녀는 도쿄 근처의 한 도시에서 아이들을 가르치는 음악선생님이었다. 이름은 사에코, 나이는 40대 중반. 아직 결혼은 하지 않았고, 돈을 모아 1년에 한 번씩 비엔나에 온다는 이야기를 하며 수줍은 듯 웃었다. "남자친구를 만나러 오는군요?"라는 나의 예상 질문은 바이올린의 보우가 미끄러지듯 튕겨나갔다. 그녀는 비엔나에서 열리는 오페라와 클래식 연주를 들으러 매년 방문한다고 했다. 벌써 10년이나 되었는데 이번에는 2주 동안 머무르며 듣고 싶었던 연주를 다 듣고 갈 수 있어 무척 기쁘다고 했다.

나는 소설 속의 인물을 보듯 사에코를 바라보았다. 무엇인지 알 수 없는 묘한 경외감과 새로 난 생각의 길이 내 머릿속에 잠겨 있던 어떤 문으로 이어지는 듯한 느낌이었다. 영화같이 산다는 건 저런 거구나. 수만 평의 숲에 둘러싸인 아름다운 고성에 살지 않아도, 개발해낸 플랫폼이 히트를 쳐 재산이 수조 원에 달하는 부자가 되지 않더라도 멋진 인생을 갖는다는 건 가능한 일이었다.

그녀는 좋아하는 오페라와 클래식 공연을 보기 위해 일하고, 저축하고, 비엔나에서 보낼 여름휴가를 꿈꾸며 쉼없이 일상을 달리는 평범한 사람이었다. 싱글로 사는 것을 단점으로 여기지 않고 싱글이기에 주어지는 여분의 시간을 자기를 위해 쓰는 것으로 생각을 바꾼 사람이었다.

우리가 찾을 수 있는 행복은 정말 단순한 데 있구나. 그녀가 구성해가는 삶이 너무 아름다워 보여 나는 그녀의 이야기를 계속해서 듣고 싶었다. 평범한 일상 속에서 자기만의 것을 만들어가는 삶. 그녀의 생각을 좀 더 깊이 들여다보고 싶다는 생각을 하고 있는데, 그녀가 서툰 영어로 말했다.

"내일도 아침 같이 먹을래요?"

설렘 가득한 삶을 살고 있는 사람의 용기 있는 데이트 신청을 마다할 이유가 없었다.

오페라에서 인생을 듣다

비엔나에서 보게 된 오페라 무대.
연주자들이 자리에 앉아
음악을 연주하고 있었다.
각자 개인의 삶에는
어떤 폭풍이 지나가고 있는지
어떤 고민과 문제로 가로막혀 있는지
관중석에 앉아 있는 우리들은
알 길이 없다.

어느덧 배우들의 노랫소리가 절정에 치닫고
지휘도, 연주도 끝을 향해 달려가며
감동적인 선율을 만들어낸다.
각자 어떤 삶을 살고 있는지 상관없이
아름다운 화음과 하모니가 공연장에 울려 퍼진다.

연주가 끝나고
나는 그 어느 때보다
크고 힘차게 박수를 쳐주었다.
그들의 음악에 대한
경외의 표시이기도 했지만
연주자들 한 명 한 명의 인생에 대한
응원과 지지를 담은 손짓이었다.

앞으로 그들의 인생에 어떤 일들이 펼쳐져
무대 뒤에서 눈물을 흘려야 할지도 모르지만
자기가 있어야 하는 자리에서
지금처럼 아름다운 연주를 해달라고.
그렇게 폭풍을 지나온
그들의 삶을 듣는 사람들을
위로하고 격려해달라고.

Zielpunkt

3

외로움이
충돌하는
밤의 길목에서

사람의 마음에 들어갈 수 있는 시간은
정해져 있는 것일까.
나는
그 흘러가는 시간의
어디쯤 와 있는 것일까.

새벽부터
또 다른 새벽을 맞기까지
네 마음은 이렇게 열려 있는데
왜 나는 아직도
문밖에서 서성이고 있는 것일까.

여행의 흔적

여행에는 흔적이 남는다.

잠시 머문 곳이든

매일 아침 지나던 길이든

'안녕' 하고 눈인사를 나눴던 사람이든

스쳐간 것들은

그렇게 기억되고

또 추억이 된다.

너와의 만남도 어쩌면

내게 여행과 같았는지 모른다.

너는 내게로 걸어왔고

나는 너에게 머물렀고

우리는 서로 스쳐 지나갔다.

그렇게 남았다.

아픈 흔적들이.

그래도
시간은 흐른다

트리니다드 언덕에 위치한
외벽만 남은 건물.
교회인지 성인지 알 수 없지만
한때는 온전히 존재했을
시간의 증거물.

캄보디아에서 그를 추억하다

캄보디아의 한 고아원에서 그 아이를 처음 봤을 때 그랬다. 그를 너무 닮아 눈을 뗄 수가 없었다.

여덟 살쯤 되었을까. 내가 아이에게 손을 내밀자 아이는 수줍게 친구 뒤로 몸을 숨겼다. 하지만 아이의 눈은 나에게서 떨어지지 않았다. 그 눈빛도 그를 닮아 있었다. 불안해 보이지만 한없이 순수한 눈빛. 나는 몸을 굽혀 앉아 아이와 눈을 맞췄다.

"안녕?"

인사를 하니 불안을 뚫고 조심스러운 미소가 새어나왔다.

잠시 후 아이가 내 손을 잡으려고 손을 내밀었다. 아이에게 이름이 뭐냐고 물었지만 아이는 대답하지 않았다. 무슨 말인지 몰랐을 수도 있고, 말하기 쑥스러워 하지 못했을 수도 있다. 나는 아이와 함께 투박하고 오래된 나무 의자에 앉아 인형극을 보았다.

아이들의 맑은 박수소리를 받으며 인형극이 끝나자 아이의 여동생이 오빠의 손을 잡아채고 흔들며 금방이라도 울 것 같은 표정을 지었다. 아이는 여동생을 화장실에 데리고 가려는 듯 일어날 준비를 했다. 나는 아이의 머리를 쓰다듬어주고는 손을 흔들며 인사를 했다.

숙소로 돌아가는 길, 아이가 이름을 말해주지 않은 게 다행일지도 모른다는 생각이 들었다. 아니, 사실은 고마웠다.

누군가의 이름을 기억한다는 것은 그 이름을 내 마음에 한 번 더 촘촘히 새기는 일이다. 하지만 이름을 기억하지 않으면 그때 그 사람, 머리가 길고 얼굴이 동그란 소녀, 지하철에서 만난 할아버지처럼 모호한 채로 기억의 저편 어딘가에 그렇게 놓아둘 수 있는 것이다.

이름이 기억나지 않는 그 사람을 지금의 생각 속으로 끌어내려고 기억의 길을 돌아가다 보면 엉키거나 명확하지 않은 부분이 생겨 길을 가다가도 다시 돌아 나오기가 훨씬 쉽다. 선명하지 않아 아프지도 않은 것이다.

그도, 그의 이름도 내 삶에 명확히 새겨지지 않았으면 좋았을 걸. 생각의 길을 내지 말았어야 했다.

처음부터. 두근거림이 시작된 그 순간부터.

McDONALD

케냐의 꿈꾸는 눈망울

케냐의 수도 나이로비Nairobi에서
한 시간 가량 차를 타고 들어간 한적한 동네.
남편이 없는 엄마들과 아이들이 사는 마을이었다.

노란 피부를 가진 동양인이 다가가자
아이들은 큰 눈망울을 더 크게 뜨고
신기한 듯 나를 만지기 시작했다.
그 중 예쁘게 생긴 한 소녀가 있었다.

이름은 아달레나.
몇 살인지, 학교는 다니는지
한참 이야기를 나누다가
아이에게 물었다.
꿈이 뭐냐고.

"내 꿈은 이 나라를 떠나는 거예요."

하얗게 반짝이는 얼굴로 아이가 말했다.
나는 그 아이의 눈망울 속에서
희망으로 왜곡되어버린 절망을 보았다.

부줌부라의 눈물

새벽 4시.
열어놓은 창문 사이로
달빛이 새어들었다.
나는 모나코의 공주가 된 것처럼
캐노피 모기장으로 둘러싸인 침대에서
잠을 자던 중이었다.
잠을 깨고 보니 배가 고팠고,
전날 저녁에 룸서비스로 먹은
닭요리가 생각났다.

아프리카 르완다와 접경한
아주 작은 나라 브룬디.
그 나라의 수도인 부줌부라Bujumbura에서
가장 안전해 보이는 고급 호텔에 머물고 있었다.

메뉴판을 열어 주문한
최고급 요리였는데
가난한 나라의 가난한 닭.
사료를 많이 먹지 못해
빼빼 마른 닭을 잡았는지
닭에는 살이 거의 없었다.
먹을 것도 없었지만
먹을 수도 없었다.

그 밤, 나는
그들이 최고의 서비스로 보내준
앙상한 저녁식사를 떠올렸고
여전히 툴툴거리는 배를 움켜잡았지만
한번 동요한 마음은 쉽게 가라앉지 않았다.

혼자 뜨는 달

혼자 있고 싶어
도망치듯 떠난 여행이었는데
막상 혼자 지내니
마음이 더 쓸쓸해졌다.

이런 내 마음을 어떻게 알았는지
저녁이 되자
친구가 슬쩍 모습을 드러냈다.

안녕,
인사하고 나니 마음이 한결 따뜻해졌다.
숙소로 가는 길이
달빛을 받아 잔잔하게 빛났다.

땡큐, 양조위

"그만 울어. 계속 울기만 할 거야? 씩씩해져야 해!"

영화 《중경삼림》에서 양조위는
물이 뚝뚝 떨어지는 행주에게
단호한 위로의 말을 건넨다.

도쿄 닛포리의 한 숙소.
오랜 시간 샤워를 하고난 뒤
욕실에 온통 김이 서린 줄 알았는데
가운데 부분만 네모 형태로 말라
얼굴이 또렷이 보였다.
거울에 손을 대보니 뒤에 열선을 넣어
김이 서리지 못하도록 만들어놓은 것이었다.

온통 김이 서린 욕실에서

거울이 내게 이렇게 말하는 것 같았다.
괜찮다고,
어떻게든 이렇게
방법이 만들어진다고.
씩씩해지라고.

순간 영화 속 양조위의 말투가 떠올라
나도 모르게 피식, 웃어버렸다.
젖은 행주 같던 내 얼굴이
금세 말라버렸다.

애프터 더
레인

너에게 쓰는
마지막 편지.

괜찮아, 이젠
울지 않으니까.

외로움이 충돌하던 코펜하겐 그 골목

코펜하겐에 일주일간 머물기로 결정하면서 숙소를 찾는 데만 꽤 오랜 시간을 보냈다. 기차역과 전철역이 가까워 교통이 편리하고 주변 환경도, 가격도 적당한 1인실 호텔을 찾는 것은 예상만큼 어려웠다. 여러 사이트를 비교해가며 조사한 끝에 코펜하겐 중앙역에서 도보 1분 거리에 있는 호텔이 눈에 들어왔다. 홍등가로 불리는 곳이 바로 옆에 있었지만 난 그 호텔에 머물기로 결정했다.

결과는 나쁘지 않았다. 호텔 바로 옆에 중식, 일식, 태국 식당이 있어서 가끔 아시안 요리를 즐길 수 있었다. 호텔 복도가 꼬불꼬불 미로처럼 되어 있어 불이 나면 꼼짝없이 갇힐 수 있는 구조라는 점만 빼면 깔끔하고 편안했다. 중앙역에서 호텔까지 걸어오는 길목에서 일주일 내내 서 있던 두 명의 여인을 보기 전까지는 말이다.

두 여인은 초점을 잃은 눈으로 한 손에는 담배를 들고 다른 한 손에는 그 안의 내용물이 짐작되는 조그만 비닐 가방을 들고 있었는데 지나가는 사람을 붙잡고 이렇게 이야기했다.

"내가 외롭지 않게 해줄게요."
"사랑해줄게요."

어떤 이들은 그녀들의 말에 아랑곳하지 않은 채 그냥 지나쳤고, 어떤 이들은 걸음을 멈추고 반응했다.

"외롭지 않아요? 내가 외롭지 않게 해줄게요."

공허한 눈빛으로 발걸음을 멈춘 이들의 얼굴을 쳐다보며 그녀들은 말했다. 그들을 사랑해주겠다고. '당신과 자고 싶다'거나 '즐기다 가라'는 말은 하지 않았다. 단지 '외로움'이라는 단어에 집중했다. 그들은 결과적인 행위보다는 인간의 근본적인 외로움에 관해 질문하며 남자들의 내면적 고독을 건드렸다. 그리고 그것에 반응하는 사람들을 물고 늘어졌다. 외롭지 않느냐고, 외롭지 않게 해주겠다고, 난 외롭다고, 내 외로움을 채워 달라고. 사랑해 달라고.

목적지를 향하는 사람들과 목적지에 다다른 사람들을 맞이하는 덴마크 코펜하겐의 중앙역. 수많은 사람들을 실어 오고 실어 나르느라 번잡하고 활기찬 기차역의 뒤편에는 아이러니하게도 아직 목적지를 찾지 못한 이들의 공허한 대화가 오가고 있었다.

외로움과 또 다른 외로움이 충돌하는 거리에서 정처 없이 떠도는 그녀가 다른 이의 외로움을 어떻게 채워줄 수 있을까. 텅 빈 대화 끝에 어디론가 함께 걸어가는 그들의 외로움은 과연 한 순간이라도 사라지거나, 다른 것으로 채워지거나, 혹은 변화될 수 있을까. 그것이 불가능하다는 것을 알면서도 계속해서 목적 없이 어디론가 떠나는 그들.

그 길이 유독 스산했던 이유는 항구도시에서만 느껴지는 독특한 바람 냄새가 배어 있기 때문이 아니라 갈 곳 모르는 외로움들이 떠돌다 충돌하는 곳이었기 때문이 아닐까.

안녕
그리고 안녕

한적한 밴쿠버 공항의 게이트.
배낭을 맨 남자와 여자가
창가 쪽으로 걸어왔다.

파란 하늘 아래 비스듬히 멈춰선 그 둘은
반복 버튼을 눌러놓은 뮤직 플레이어처럼
쉬지 않고 이야기를 나눴다.
남자가 여자에게 귓속말을 하면
여자는 까르르 웃고
여자가 남자의 머리를 쓰다듬으면
남자는 여자의 볼에 키스를 했다.

30여 분의 데이트가 끝나자
둘은 길게 포옹을 한 후
각자 반대쪽으로 걸어갔다.

나는 그제야 둘이 함께 떠나는 여행이
아니라는 걸 알았다.

서로 다른 곳으로 여행을 떠나는 것인지
여행하는 동안 만나 연인으로 발전했다 헤어지는 것인지
아니면 장거리 연애를 하는 것인지
잠시만 안녕인지, 영원한 안녕인지는 알 수 없었지만
그 안녕이 애잔해 보이지 않았다.
영화 《비포 선라이즈》의 셀린과 제시처럼
이별은 신선했고 반짝였다.

눈물로 얼룩지지도 않고
담백했던 사랑과 이별.
그 둘이 함께 꿈꾸던 미래가 존재했는지
그런 약속 따위는 처음부터 없었는지도 모르지만.

그들이 부러웠던 건
나의 이별은 그렇지 못했기 때문일 것이다.
그들을 바라보면서
아직도 그를 떠올렸으니 말이다.

“$6.2
million in

사랑이
0이라면

얼마나 좋을까.

더해도

빼도

항상 변하지 않고

그대로일 수 있으니.

±0

역방향

도쿄 오다이바에서 탄 유리카모메.
맞은편에 앉은 남자가 창밖을 바라보고 있었다.
마치 영화의 한 장면처럼
혼자만의 생각에 빠진 채
그는 한 곳만을 응시했다.

전철은 앞을 향해, 미래를 향해 달리고 있지만
그는 지나온 모든 길을 배웅이라도 하듯
전철이 움직이는 반대 방향으로 앉아 있었다.

궁금해졌다.
그가 무슨 생각을 하고 있는지,
그 모든 것을 배웅하는 일이 아프지 않은지.

그리고 묻고 싶었다.

인생의 어느 지점에 놓아버렸던 누군가는

그렇게 멀어지다 결국 사라져버리는 건지.

관계의 무게를 덜어내는 법

두 번의 이혼 후, 세 번째 남편과 3년째 결혼생활을 하고 있는 레이첼 아주머니는 퇴근을 하고 집으로 돌아오면 언제나 팔찌를 식탁 옆 소품함에 휙 던져 놓고, 재즈 음악을 틀어놓은 채 욕실로 향했다. 욕조에 물을 받아 거품 목욕을 하며 책을 읽는 것이 그녀의 빼놓을 수 없는 중요한 일과였다. 바깥에서 쐬었던 걱정과 부담, 스트레스를 말끔히 씻어내고 향기 나는 거품으로 다시 덧입는. 그녀에게 그것은 목욕이라기보다는 마음을 다스리는 어떤 의식 같은 것이었다.

스무 살의 나는 예순 살의 그녀와 많은 이야기를 나누었다. 사람에게 받은 상처는 사람들을 향한 벽을 쌓게 만들기도 하지만 그 상처로 인해 많은 지혜를 얻기도 한다는 것을 그녀를 통해 알았다. 그녀는 치열하게 사랑했고, 극렬하게 상처받았으며, 그 속에서 자라는 법을 스스로 깨달았다. 당시 너무 어렸던 탓에 그녀가 하는 이야기를 모두 이해하지는 못했지만 그녀가 인생을 겪으면서 발견해낸 '상처 치유법'을 듣는 것을 좋아했다.

레이첼 아주머니는 선물을 사는 것을 무척 즐겼다. 각종 기념일과 행사, 추수감사절, 크리스마스 등 의미 있는 날이 다가오면 그녀는 백화점으로 쇼핑을 하러 다녔다. 인심 후한 VIP 고객이 되어 정성들여 선물을 고르고 예쁘게 포장한 뒤 사람들에게 선물을 한아름 안기며 아이처럼 좋아했다.

사실 처음에는 부유함을 누리고 싶어 하는 이혼녀의 사치라고 생각했는데, 그녀가 사람과 사람 사이에서 자신을 보호하기 위해 선물을 한다는 것을 깨달았다. 선물을 주면서 상대방에 대한 마음도 함께 줘버리는 것. 그래서 상대방에 대한 사랑을 자신이 소유하지 않는 것이다. 언젠가 그 관계들이 깨질 때나 버려질 때 남겨진 사랑과 추억을 짊어진 채 상처받지 않기 위해서.

며칠 전 백화점을 돌아다니다 그녀가 좋아했던 거품 비누의 달콤하고 독특한 향이 한 매장에서 풍겨 나왔다. 그녀가 스무 살의 나에게 했던 말들이 향기를 타고 하나씩 하나씩 떠올랐다.

그 무렵 나는 사람에게서 받은 상처와 추억을 모두 움켜잡은 채 어쩔 줄 몰라 허덕이고 있었다. 그와 함께 만든 추억을 내 방식대로 포장하고 가공해 짊어지고 있었다. 처음부터 쌓아두지 않고 레이첼 아주머니처럼 계속해서 마음을 덜어냈어야 했다. 그랬다면 이별이 조금 더 쉬웠을지도.

나는 그녀의 향이 나는 샤워젤을 샀다. 그녀의 말을 잊지 않기 위해.

추억을 모두 간직하고 살 수 있다고 생각한 건
나의 오만이자 착각이었다.
그 추억들은 그 시간에 존재했던 나에게 놓아두고
나는 현재의 시간을 살았어야 했다.
그것이 현재를 사는 나에 대한 예의였다.
여전히 무거운 마음이 지난 시간 속에서 머뭇거렸지만
비로소 방법을 찾은 듯했다.

Ernst Lubitsch's
ROGER VADIM
5: /STK
GRAMMER

4

어쩌면
한번쯤
우리는

뒤돌아보지 않고
앞을 향해서만 가는 사람들의 뒷모습을 안다.
여행지에서 마주쳤다 헤어지는 사람들은
모두 같은 모습을 하고 있으니까.

너도
그날 그런 모습이었다.

잃어버리다

렌즈 캡과 본체를 이어주는 끈이 붙어있지 않은 제품이라
살 때부터 언젠가 렌즈 캡을 잃어버리는 날이 올 거라 생각했다.
카메라를 들고 나갈 때마다 불안하고
사진을 찍을 때마다 신경이 쓰이고
렌즈 캡을 주머니에 넣었다, 가방에 넣었다 하길 1년.
지방 여행을 다녀온 뒤 드디어(?) 사라진 것을 발견했다.

그런데 참 이상하지.
사라지고 나니 묘한 느낌이 든다.
일종의 안도감이라고 할까.
갖고 있을 때는 언제 없어지나, 언제 사라지나 불안했는데
잃어버리고 나니 이제 잃어버릴 걱정을 하지 않게 되었다.

너와 함께 있을 때는 너를 잃을까 두려웠는데
막상 잃고 나니 그 불안감이 사라져버린 것처럼.

NGADINO

두려움의
실체

아무것도 보이지 않을 때보다
흐릿하게나마
뭔가가 보일 때
두려움이 더 커질 수도 있다.

이스라엘 사해 근처의 어느 사막.
모래를 쓸어가는 새벽 바람 소리에
잠에서 깨어 잠시 밖으로 나갔다.
하얀 돌산이 초승달 빛을 받아
아주 희미하게
형태를 드러내고 있었다.

차라리
칠흑같이 어두웠으면
덜 무서울 것 같았다.

내가 마주하고 있는 실체가 무엇인지

정확히 가늠하지 못하는 것이

더 좋을 뻔했다.

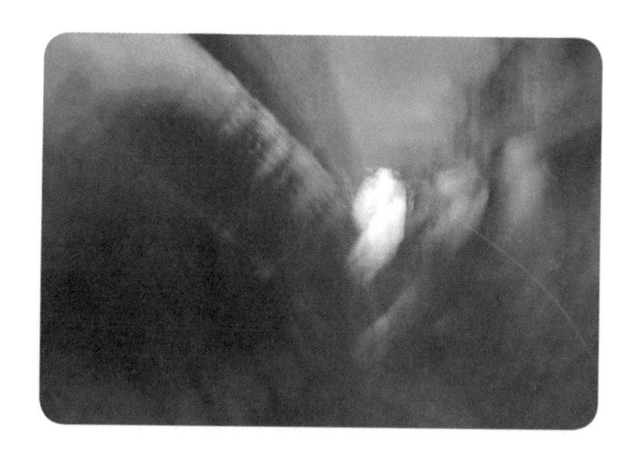

보이지 않는 길에 서 있다면

내가 가는 모든 길이
선명하게 보여야
안심할 수 있다는 생각은
어쩌면 욕심일지도 모른다.

때로는 보이지 않는 길이
더 평화롭게 느껴지는 순간이 있다.

외로움을 달래는 일상의 소리들

호텔은 사람을 외롭게 한다. 그건 호텔이 갖고 있는 '머물다 가는 곳'이라는 불가분한 특성 때문이다. 친구 중 하나는 혼자 여행을 다닐 때 절대로 호텔에 숙박하지 않는다. 약간의 긴장감과 불편함이 있고, 오고 가며 사람들과 부대끼는 충돌이 있어야 그게 더 인간답고, 혼자 여행을 하고 있다는 생각을 덜 하게 되고, 결국 외로움을 덜 타게 만든다는 생각에서다.

혼자 있는 공간을 좋아하는 내가 미국 여행 중 우연히 일주일간 남의 집 신세를 진 적이 있다. 집주인인 유학생은 넓은 아파트에 혼자 살고 있었는데 가끔 친구들이 여행을 오면 공간을 내어준다고 했다.

그녀가 혼자 사는 공간이어서인지 집 안의 분위기는 다소 을씨년스러웠다. 따뜻한 빛 소나기가 창문으로 물밀듯이 쏟아져 내리는데도, 책장에 책이 가득하고 각종 화초와 꽃이 품어내는 향기가 풍성한데도 여전히 무언가 부족해 보였다.

생동감의 부재는 현관과 거실을 지나 냉장고까지 이어졌다. 각종 소스와 음료수가 적당한 온도 속에 정렬되어 있는데 왠지 모르게 잡지에 나온 가정집의 인테리어를 보는 느낌이었다. 깔끔하고 예쁘지만 아무도 살지 않는 모델하우스 같다고 할까.

나는 비어 있는 냉장고를 채워야겠다 싶어 슈퍼마켓에 가서 과일과 채소, 달걀 등을 잔뜩 사서 넣어두었다. 그리고 그녀에게 마음껏 먹으라고 했다. 하지만 잠시 머물다 갈 룸메이트에게 부담을 주고 싶지 않아서인지, 성격이 원래 남에게 피해를 주는 걸 싫어해서인지 냉장고는 이틀 동안 그대로였다. 그녀가 손대지 않는 냉장고를 바라보던 나는 그녀와 소통하지 못한 것 같아 아쉬웠다.

주말이 지난 어느 날 오후, 냉장고에 있던 과일이 조금 없어진 것을 보고선 그렇게 기분이 좋을 수가 없었다. 아침에 사람이 만들어내는 소리가 참 반갑고 정겹다고 느낀 것도 처음이었다. 평소에는 느껴보지 못했던 감정이었다. 방문을 열고 나가 눈을 맞추며 아침 인사를 굳이 하지 않더라도 그녀의 소리 하나하나가 나에게 아침 인사를 하고 있었다.

부스럭대면서 이불을 걷어내는 소리, 창문을 여는 소리, 양치질하는 소리, 물을 트는 소리, 커피를 내리는 소리, 화장품을 바르고 볼을 두드리는 소리, 드르륵 방문을 닫는 소리 그리고 열쇠를 딸깍 돌리고 집을 나서는 소리. 이 모든 소리들이 내게는 한 편의 교향악 같았다.

어느 날 그녀가 일이 생겨 며칠 부모님께 다녀온다며 떠났다. 잠시 집을 비웠을 뿐인데 늘 들리던 그녀의 소리가 들리지 않으니 적막감을 더 부추겼다.

호텔은 외롭다던 친구의 말이 생각났다. 일상적인 것들을 기대하지 않았다가 일상이 되어버린 그곳에서 나는 생경한 외로움을 느꼈다. 일상적인 것들에서 뭔가가 빠져 있을 때 생겨나는 허전함. 큰 빈자리가 아니라 소소한 자리들. 그건 그녀가 만들어냈던 소리와 그녀의 향수 냄새 같은 그런 것이다.

소소한 일상의 소리가 독주를 마치면 아침의 소란은 끝나지만 나는 적막해진다. 길들여진다는 건 어떤 일정한 시간에 일정한 소리들에 익숙해진다는 것. 그래서 그 소리가 들리지 않으면 그 소리가 아닌 소리의 주인이 그리워지는 것이다.

외로움이 켜켜이 쌓여가던 어느 늦은 저녁, 계단을 오르고 있는데 현관문 틈으로 음악 소리가 들렸다. 나는 벌써 그녀를 향해 웃고 있었다.

다행이다

세상의 모든 사람이
동시에 외로움을 느끼지 않는다는 건
참 다행스러운 일이다.
내가 외로울 때
누군가는 외롭지 않을 것이고,
누군가 외로워할 때
외롭지 않은 내가
위로해줄 수도 있으니 말이다.

기억 지우기

장시간의 비행.
보고 싶은 영화도 없고
책도 눈에 들어오지 않을 때
가끔은 노트북을 꺼내
사진 파일을 정리한다.

각 장소별로 이름을 붙여둔 폴더 안에
수백 장의 사진이 번호 순서대로
가지런히 정렬되어 있다.
중요한 사진의 파일명을 바꾸고
이름을 붙이면
헬륨가스를 넣은 풍선처럼
폴더의 맨 위쪽으로 금세 솟아오른다.

기억한다는 건 그런 것이다.

일련번호를 단 채 흩어져 있던
수만 장의 사진 중 하나였던 장면을
수면 위로 끌어올리는 것.
무의미해 보이는 사진 한 장으로부터
그 시간, 그 공간,
상대방이 한 행동 하나하나까지
의미를 더해 기억을 떠올리게 된다.

그러니
어쩌다 우연히 찍힌 사진의 이름을
바꾸려 할 때는 조심해야 한다.
두고두고 마음이 아프거나
괜한 오해로 마음이 소란스러워지기 쉬우니까.

혹시라도
마음을 헤집고 다니는 장면이 있다면
마음을 들었다 놓았다 하는 말이 있다면
원래대로 일련번호를 달아
처음 있던 그 자리에 다시 가져다놓자.

잘 보이지 않게

잘 떠올리지 않게

아프지 않게.

도움은
물처럼 흐르는 것

기내 화장실로 들어간 여성이 한참이 지나도 나오지 않는다. 서서 기다리는데 다리가 아파왔다. 비행기 꼬리 쪽에 있는 화장실로 가 볼까 마음이 동요하기 시작한 순간, 문이 열렸다.

서른 정도 되어 보이는 여자가 나를 보고 주섬주섬 말을 꺼낸다. 화장실 물을 어떻게 내리는지 모른다고. 뒤쪽에 보니 플러시 버튼이 보였다. 안으로 들어가 버튼을 눌러주니 아, 이제 알겠다는 표정으로 꾸벅 인사를 하고는 자리로 돌아갔다.

나에겐 모든 것이 너무 당연하고 쉬운 일이 어떤 사람에게는 해결하지 못하는 일일 수도. 도움은 어쩌면 그다지 큰 것을 요구하지 않는 것일 수도 있다. 경험이 있는 사람이 경험이 없는 사람에게 나누어주는 것. 그 나눔은 그렇게 흐르도록 놓아두어야 한다.

내일은 나도 난생 처음 보는 지하철 티켓 판매기 앞에서 어떻게 티켓을 사야 하는지 몰라 발을 동동 구를지도 모른다. 하지만 걱정하지 않는다.

누군가가 내게 도움을 베풀어줄 것을 아니까.

도움은 언제나 그렇게 흘러간다는 것을 믿으니까.

샤넬,
이 시대 워너비의 무덤 앞에서

나는 샤넬을 모른다. 그녀는 이미 내가 태어나기도 전에 사망했고, 그녀가 만든 트위드 재킷에 눈길 한 번 준 적 없으며, 그 유명하다는 향수 No.5를 뿌리지도 않는다. 예전에 친구에게 샤넬 립스틱 하나를 선물 받은 적이 있지만 색깔이 맞지 않아 다른 사람에게 줘버렸다.

나는 샤넬을 안다. 샤넬을 자신들의 '로망'이라고 부르며 수백만 원짜리 가방을 사기 위해 줄을 서고, 부와 자신감을 나타내는 아이콘으로 삼는 사람들이 수두룩하게 존재하는 현재에 나 또한 살고 있기 때문이다.

샤넬은 그녀 나이 열두 살에 어머니가 사망한 뒤, 수녀원에서 살면서 암울한 어린 시절을 보냈지만 타고난 재능과 수완으로 최고의 디자이너이자 사교계의 거물이 되었다.

한편으로는 그녀를 잘 알지만 한편으로는 그녀를 전혀 알지 못하는 나는 스위스 로잔에서 우연히 그녀의 무덤을 마주하게 되었다. 햇빛이 봄날 가랑비처럼 환하게 쏟아졌던 그날, 그녀의 무덤 앞에서 나는 왜 그녀가 가엾게 느껴졌을까. 그건 아마도 화려하게 포장된 그녀의 처절한 외로움과 고독이 느껴졌기 때문일 것이다.

겉으로는 샹들리에처럼 눈부신 삶을 살았지만 사실 그녀는 철저히 자신을 가둬야 하는 소외된 삶을 살았다고 한다. 신비감을 유지하기 위해 고객과의 접촉을 피했고, 사람들에게 곁을 내어주지 않았다. 늘 외로움과 싸웠지만 그것을 드러내지 않기 위해 일에 매달리고 더욱 화려하게 자신의 삶을 포장해야 했다. 그녀가 점점 유명해지고 전설이 되어 갈수록 과거에 대한 기억은 그녀의 발목을 잡았다.

사람들은 그녀를 '이 시대 여성의 워너비'라고 칭송하지만 정작 화려함 속에 자신을 감춘 채 억누르고 재포장해야 했던 그녀를 생각하면 그 해석이 너무나 작위적이고 몽매한 것 같아 안타까워진다.

사람은 누구나 상처가 있다. 자의적인 선택이 부른 실수와 후회, 혹은 나의 의지와는 상관없이 겪게 된 유년시절의 어두운 상처도 존재한다. 우리 대부분은 그것을 피하거나, 무시하려고 애쓰거나, 묻어 두거나, 인정하지 않으려고 발버둥 친다. 그러다 보니 그 상처를 누군가 스치기만 해도 소스라치게 놀라고 그 자리가 욱신거린다. 또 그런 자신의 모습을 남들에게 들키지 않기 위해 벽을 세우거나 가면을 쓴다. 아이러니하게도 우리는 그것을 '신비주의'라

고 부르며 들여다보지 못함을 즐기며 산다.

그러나 정말 용감한 사람은 자신의 상처를 깊이 들여다보고 가까이 다가가 치유하고 보듬을 줄 아는 사람이다. 과거의 상처를 끌어안고 힘들어하는 나를 위로하고, 내게 상처를 준 사람을 기꺼이 용서하고, 어리석었던 자신을 용서할 수 있는 그런 마음을 지닌 사람. 이런 용기를 가진 사람들이 우리 시대의 진정한 워너비가 되었으면 좋겠다. 자기의 과거와 상처를 인정하고, 극복해낸 사람들의 이야기를 듣는 우리 마음속에도 '나도 그렇게 되고 싶다'는 희망이 피어날 테니까.

이 시대가 원하는 건 숨기는 것이 아니라 드러내는 것이다. 아픔을 밖으로 드러냄으로써 '당신도 나처럼 아프군요.' 하며 공감하는 것, '그럼에도 불구하고 잘 이겨 나가고 있군요.'라고 응원해줄 수 있는 것, '그렇다면 나도 할 수 있겠군요.'라고 스스로를 격려하는 것. 그래서 슬픔과 아픔이 있지만 함께 극복해나감으로써 위로를 받고 용기를 얻는 것. 이것이 우리가 진정으로 원하는 이 시대의 워너비가 아닐까.

외롭구나,
너

뒷모습은 누구라도 쓸쓸하다.

사람들이 눈을 부릅뜨고 싸우는 건

어쩌면

이런 뒷모습을 숨기고 싶어서일 수도.

시애틀의
가을

낙엽이 쌓여간다.
유통기한이 다한 나뭇잎이
떨어져 뒹굴다가
바람에 밀려
구석에 쌓였다가
골목을 타고 오르는 돌풍에
휙, 솟았다가 다시 내팽개쳐진다.
놀란 듯 더 노랗게 질렸다가
창피한 듯 더 붉게 타올랐다가
거리를 정리하는 청소부의 도구통으로
담담하게 쓸려 들어간다.

늘 푸르른 봄일 수는 없는 것이다.
처음부터.
너도, 우리의 이야기도.

선택하지 않아도 되는 기쁨에 대하여

여행 마지막 날,
꼭 가보고 싶은 식당이 두 군데가 있었는데
일정상 단 한 곳밖에 갈 수 없었다.
어디를 선택해야 할지 몰라 고민을 거듭하다
간신히 발걸음을 옮겨 간 식당에
'휴가 중'이라는 안내문이 붙어 있다.
순간 얼마나 기쁘던지.
잰 걸음으로 발길을 돌려
다른 한 곳으로 향했다.

두 번째 식당에 먼저 왔었다면
가보지 못한 나머지 식당을 생각하며
못내 아쉬워했을 텐데.
사라진 선택권이
그리 고마울 수가 없었다.

미술관
아이러니

미술관이나 박물관이 많은 유럽.
시간이 없을 때는
몇 군데 중 하나를 골라 가야 할 때가 있다.
그때는
조금 더 크고 유명한 곳이나
조금 더 많은 작품을 소장하고 있는 곳을
고르게 된다.

아이러니는
고민 끝에 들어간 미술관에서
막상 관람을 하다 보면
얼마나 더 봐야 하는지
전시관이 몇 개나 남았는지
자꾸만 세어보게 된다는 것이다.

입국 게이트 앞에서

인천공항에 도착해
게이트로 나갈 때면
가끔 이런 상상에 빠진다.
누군가 몰래 마중 나와 있다가
나를 놀라게 하지 않을까.

오늘도 무정한 상상을 하다
게이트 앞에서 잠시 발걸음을 뗄 수 없었다.
'환영'이라는 사인보드의 목적지가
마치 나를 향한 것처럼
그 다정함이 그리웠기에.

나이를
여행하다

먹는 건 대충 먹어도 되지만 잠은 아무 데서나 함부로 자면 안 된다는 말을 어렸을 때부터 귀가 닳도록 들어왔지만 그건 부유浮遊하고자 하는 사춘기 소녀들의 가출을 방지하기 위해 어른들이 놓은 덫이라고 생각했다. 스물과 서른 즈음의 여행은 그랬다. 배는 채우면 되고 숙박비는 무조건 아끼는 게 당연했다. 하루 종일 돌아다니다가 잠만 잘 공간에 투자하는 건 사치라고 여겼다.

유스호스텔은 저렴하게 머물면서 각종 여행 정보를 얻을 수 있고, 세계 각국에서 온 여행자들과 만날 수 있다는 장점이 있어 좋다. 물론 같은 공간에 함께 머무르는 사람들 사이에서 단 한 사람이라도 암묵적으로 체결되어 있는 '균형의 동맹'을 깨버리면 그 순간, 그 공간은 전쟁터가 되는 치명적인 단점도 있다. 게다가 균형의 동맹은 국적과 문화가 다른 여러 사람들 사이에서 그물처럼 얼기설기 얽혀 있다. 그 때문에 내 침대 아래에서 자는 사람에게는 전혀 문제가 되지 않는 것이 내 옆 침대에서 자는 사람에게는 불편함이 되고, 내 맞은편에 사람에게는 도저히 견딜 수 없는 치명적인 문제가 되기도 한다.

밤새 누군가가 만들어내는 소음이나 각자 지고 온 트렁크나 커다란 배낭을 놓는 위치, 하물며 개인 수건을 걸어 놓는 위치와 방법까지. 최소 4~6명이 함께 자는 도미토리 안에서 문화적 차이에서 오는 다름이 누군가에게 불편함으로 치닫기 시작하면 서로 간의 전쟁이 시작되는 것이다. 그래도 그 모든 것은 '청춘'이라는 카테고리 안에서 쉽게 용납되긴 하지만.

여행을 다니면 다닐수록 잠은 아무 데서나 자는 것이 아니라고 했던 어른들 말씀의 중요성을 깨닫고 인정하게 되었다. 에너지 넘치는 20대 초반이라면 그런 전쟁도 해볼 만한 경험이지만 지금의 나는 그걸 감당하기에 너무 약아져버렸다. 숙면을 하지 못하면 다음날 하루를 망친다는 것을 알기에 독립된 공간이 필요하다는 것도 알게 됐다.

기차 안에서 잠을 자고, 작은 방 이층 침대 위에 몸을 뉘어도 모든 것이 즐거웠던 그때. 그때는 무작위로 발열하는 청춘이 있었고, 지금은 한껏 다듬어진 청춘이 내게 존재한다. 가끔 트렁크를 버리고 배낭을 메고 싶을 때도 있지만 이렇게 변한 내 여행의 무게가 마음에 든다.

그래, 그때는
짐을 메고 낑낑대며 걸어 나갔다면
지금은 짐과 함께 걸을 줄 알게 되었다.
인생의 짐은 언제나 곁에 놓여 있지만
나는 어렸을 때처럼 짊어지는 대신
온 몸에 실린 수고스러움을 덜고
한 팔로 끌고 나가는 법도 알게 되었다.
내 짐을 대신 옮겨주는 사람이 있다는 것도 알게 되었고.

조금 더 어른이 되면
여행하는 방법은 또 달라질 것이다.
삶을 대하는 방법이 달라지듯 떠나는 방법도 달라지고
또 머무는 방법도 달라지겠지.

이렇게 변화할 수 있어서
그렇게 변하는 나를 보게 해주어서
참 고맙다.
여행이라는 친구에게.

I LOVED
the PAIN.
I liked the BLOOD.
I liked the opera and
this FEELING
OF BEING
in ancient Rome.
Things are SO BASIC.
YOU BITE,
you GET EXHAUSTED
and then you DIE...
it was LIKE the
BIRTH of TRAGEDY
every time.
THE CULLEN

5

다시
시작될
당신의 여행

내가 하는 일,
내가 가는 곳,
내가 먹는 것,
내가 만나는 사람은
거의 정해져 있다.

그것을
깰 수 있는 건
여행뿐이다.

G

마음에
길을 묻다

내비게이션도 없이
길을 잘 찾는 친구가 신기해
물어본 적이 있다.
어떻게 길을 그렇게 잘 찾는지.

"그냥 쭉, 가다가
이쯤이다 싶을 때
우회전을 한 번 하고
그러다 마음이 내키는 대로
좌회전이나 우회전을 하면 돼."

본능과 직감을 믿던 친구는
모든 방식이 쿨하고 단순했다.

인생에 영원한 직진이란 없다.

목적지에 도달하려면

언젠가 반드시 방향을 꺾어야 하는 때가 온다.

그러니 두려워하지 말자.

그림자가 들려주는 이야기

해가 낮게 떠올랐다 낮게 지는
겨울로 접어들수록
추운 남북극 방향으로 가까이 갈수록
그림자는 더 길게 자란다.

어쩌면
마음까지 꽁꽁 얼려버릴 듯 추운 겨울이
내가 가장 많이 자라는 계절인지도 모르겠다.

이번 겨울은
어느 해보다 춥고 외로웠지만
태양을 등지고 보니
훌쩍 자란 내가 보였다.
달리기를 잘 할 수 있는
최적의 조건이 만들어졌다.

인생의 겨울은
마음의 키가
가장 많이 자라는 계절이다.

기적은 내가 생각하는 그런 것이 아닐 수도

"우리요?
브라질로 가는 비행기 안에서 만났어요."

얼마 전 결혼한 한 커플이
첫 만남에 대해 이야기해주었다.
서로 일면식이 없던 두 남녀가
10여 시간 동안 꼼짝없이 옆자리에 앉아
둘만의 이야기를
새로 쓰기 시작했고
그것은
단편 에피소드로 끝나지 않았다.

기적이란
아주 사소한 순간에
불쑥 끼어들어

37°

미소 짓게 하는 것.
마음과 마음이 닿는 순간을
경험하는 것.
그런 게 아닐까.

우리가
삶에 기적이 일어나길
바라고만 있는 건
어쩌면
기적이 무엇인지
정확하게 모르기 때문일지도.

여행은
애인처럼

여행은 애인처럼
떠올리는 것만으로도
가슴이 벅차오르는 것.

남루해진 마음이 쉬고 싶을 때나
삶이 푸석거리고 재미없을 때
언제나 달뜬 마음으로 꿈꾸게 되는 것.

자랑하고 싶으면서도
나만의 것으로
남겨두고 싶은 것.

어디서 무엇을 하고
어떻게 시간을 보내든
그 자체로만으로도 충분한 것.

아무리 시간을 많이 보내고
머물렀던 곳을 또 지나간다 해도
언제나 새로움을 발견할 수 있는 것.
여행은 애인처럼
친구들은 부러워하지만
엄마아빠에게는 왠지 미안한 것.

가끔은 럭셔리하게 나를 위로하는 법

로비의 천정 끝이 보이지 않는 호텔 프런트. 몸집이 큰 남자 직원이 상냥한 말투로 물었다. 더블 베드인 7층을 쓰겠느냐, 아니면 트윈 베드이긴 하지만 26층을 쓰겠느냐는 질문에 답을 지체할 이유가 없었다. 나는 못 이기는 척 26층을 쓰겠다고 했다.

패리스 힐튼이 상하이 힐튼 호텔에 가지 않고 이곳에서 묵었다는 소문이 있을 정도로 멋진 야경을 볼 수 있는 호텔이라니 혼자 트윈 베드를 쓰는 것이 을씨년스러워 보이더라도 높은 층을 선택하는 게 백번 맞다.

여행지에서 나를 호사스럽게 대접하게 된 계기는 친한 동생의 선물 덕분이었다. 상하이에 들러 여행을 가는 일정이었는데 동생이 동방명주탑東方明珠塔과 황푸강黃浦江이 보이는 와이탄外灘 지역에 있는 하얏트 호텔을 예약해준 것이다. 부담스러운 선물이었지만 마음이 고마워 받았다.

사실 휴양지로 여행을 가지 않는 한 호텔은 '잠을 자는 곳'이라는 기본 개념에 충실한 곳으로 선택한다. 휴양지에서처럼 하루 종일 호텔에서 지낼 게 아니라면 굳이 비싼 돈을 들일 이유가 없다. 돈의 가치를 어디에 두느냐에 따라 다르겠지만 호텔 비용을 줄이고 여행 경비를 늘리는 게 효율적이다. 적어도 그때까지의 내 기준은 그랬다.

객실 문을 열고 들어가니 황푸강이 창밖에 바다처럼 펼쳐져 있었다. 그 옆으로 동방명주탑과 와이탄이 눈에 들어오고, 나는 연거푸 "와~!"라는 감탄사만 반복해서 토해냈다. 욕실과 분리되어 있는 화장실, 정갈하게 정리되어 있는 어매니티와 소품들, 부드럽게 바스락거리는 침대시트, 벽에 걸려 있는 조각품까지 룸이 화려하지는 않았지만 단아하고 깔끔해서 좋았다.

여행할 때 새벽부터 일어나 여기저기 돌아다니는 걸 좋아하는데, 호텔이 편하다보니 밖에 나가기 귀찮아졌다. 침대에 누워 시간을 보내다가 창밖에 펼쳐진 와이탄의 아침 풍경을 구경하기도 하고, 아침을 먹고 올라와서 다시 휴식. 의도하지 않았는데 여행 스타일이 바뀌고 있었다.

여행을 하다보면 돈을 쓰는 기준이 아슬아슬한 경계점에 닿을 때가 한 번은 생긴다. 환율을 꼼꼼히 계산하다가 문득 머릿속 환율 계산기를 놓아버리는 순간, 한국에서의 씀씀이대로 식사, 디저트를 해결하거나 비싸서 망설이다가도 '이걸 사지 않으면, 혹은 먹지

上海早晨
1846

않으면 정말 후회할지도 몰라' 하는 그런 순간들이 가끔 온다. 그때 내가 갖고 있던 경제관념의 끈을 움켜쥐느냐, 아니면 풀어버리느냐에 따라 여행의 방향이 바뀐다.

계획한 건 아니었지만 호텔이 주는 여유로움이 내게 이번 여행은 좀 여유롭게 다녀보라고 말하는 것 같았다. 걷기엔 조금 부담스러운 거리는 과감히 택시를 타고, 분위기 좋은 레스토랑이나 카페가 보이면 망설이지 않고 일단 들어가고, 평소라면 고려 대상에도 올리지 않았을 고급 마사지도 받았다. 통장잔고가 팍팍 줄어드는 소리가 들렸지만 개의치 않기로 했다. 뭐, 이 정도쯤은 나에게 선물해도 괜찮아. 지금껏 열심히 달려온 나를 위한 선물인 걸, 하면서 말이다.

나에게 대접하고 있다는 생각을 하니 저절로 기분이 좋아졌다. 이런 호의는 다른 사람에게도 전염된다. 침대 위에 팁을 두둑이 올려놓고 나오거나 택시가 일부러 멀리 돌아간 듯싶어도 격앙하지 않고 그냥 넘어가주고, 값이 조금 더 비싸더라도 마음이 통하는 상점 주인의 물건을 사주는 것. 마음의 여유 덕택에 다른 사람의 기분마저 좋게 만들 수 있다는 데 더 기분이 좋아졌다. 이 모든 게 여행이기에 가능한 일이었다.

조금 더 여유로운 사람이 되고 조금 더 여유를 즐기는 것이 행복이라는 것. 이번 여행이 또 하나 내게 가르쳐준 작은 기쁨이었다.

여행자의
쇼핑

쇼핑을 자주 하지는 않지만
여행을 다니면서 깨달은 게 있다.
한 번 놓친 물건은 다시 마주치기 어렵다는 것.
그래서 눈에 여러 번 밟히는 물건은
차라리 사는 것이 이롭다.
당장 결정하기가 어렵다면
밥을 먹거나 주위를 둘러보며
잠시 시간을 벌어 살지 말지를 정하면 된다.

작은 물건마저 제때 소유하지 못해
남은 여행기간 내내 후회하거나 곱씹는 데
감정을 낭비하는 것이야말로
바보 같은 짓이니 말이다.

ひぐらしの里
谷中ぎんざ

여행 버릇
하나

언제부터인가 일본에 가면 이튿날쯤 염색약을 사서 염색을 한다. 여행을 하고 숙소로 돌아가는 길이나 시내 구경을 하는 중간에 일본의 대표적인 약국 체인점인 마츠모토 키요시マツモトキヨシ나 근처 약국에 들어가 염색약을 훑어본다. 일본은 셀프 염색 문화가 발달해 정말 다양한 염색약이 많다. 사용 방법도 간편해 염색을 손쉽게 하면서도 다양한 컬러를 즐길 수 있다.

여행 이틀째 되는 날 염색하는 이유도 있다. 헤어 컬러가 마음에 들지 않을 때는 언제든지 다시 염색할 수 있는 시간적 여유가 있기 때문이다. 최근에는 벚꽃색인 사쿠라 염색약을 발견해 시도해봤다. 벚꽃 색깔처럼 핑크빛이 나오면 어떻게 하나 싶었는데 생각보다 과하지 않고 컬러가 예뻤다. 머리 컬러에 맞춰서 액세서리를 사거나 옷을 한두 개쯤 구입하기도 한다. 그런 경우 나에게 쇼핑은 놀이가 된다.

낯선 숙소의 욕실에서 염색을 시작한 이유는 평소에 하지 않았을 일들을 여행을 하며 시도해보는, 일종의 일탈을 하나씩 해보는 게 좋았기 때문이다. 또한 여행지에서는 하지 않을 것 같은 일상적인 일을 여행지에서 해보는 것도 재미있는 도전이 되고 타지에 나와 있다는 게 덜 실감난다. 그건 뭐랄까. 쓰던 화장품을 전부 챙겨가 호텔 화장대 앞에 주욱 펼쳐놓은 것 같은 느낌이기도 하고, 집에서 쓰던 목욕스펀지를 가져가 샤워실에 걸어놓거나 아끼는 칫솔홀더를 거울 위에 붙여두는 것처럼 집 안에만 존재하는 친근한 것들을 여행 내내 주위에 두는 것과도 비슷하다. 그러면 여행은 낯섦 속에서도 익숙함이 존재하고 그 익숙함은 나를 덜 익숙한 환경으로 이끌어주는 원동력이 되기도 한다.

SALE!
¥199
SESAME STREET
SALE
320 NEU
COOKIES
SALE! HARIBO
ハロウィーン
¥520-
ジャイアント
コーン
HARIBO
HALLOWEEN
ミュージック
ライト
キャンディー
ラムネ
コースト
ボール
ミルクチョコ
¥399
HALLOWEEN

길을 가장 빨리 찾는 법

나는 길을 가다가 방향을 알 수 없거나 헤매고 있다는 느낌이 들면 바로 누군가에게 물어보는 편이다. 지도를 보거나 방향을 알려주는 애플리케이션을 활용하는 것도 좋지만 길 가던 사람들을 붙잡고 질문을 해 알아내는 게 더 재미있다. 그렇게라도 현지 사람들과 이야기를 나누고, 부딪혀보는 것이 여행에서 공짜로 얻을 수 있는 경험이자 쏠쏠한 재미이기도 하니까 말이다.

자주 길을 묻다 보니 나름대로 요령이 생겼다. 그것은 정답의 확률을 높이는 것인데 정확히 말하자면 대답해줄 수 있을 것 같은 사람에게 물어보는 것이다.

자전거를 탄 채 신호를 기다리는 사람이나 시장바구니, 혹은 슈퍼마켓에 다녀온 듯 손에 장바구니를 들고 다니는 사람이 일순위다. 자전거를 탄 사람은 적어도 그 주변 지리를 잘 알고 있는 사람이고, 장바구니나 비닐봉투를 들고 있는 사람도 그 지역 주민일 테니 대부분 길을 잘 알고 있다.

ハモニカ
キッチン
HARMONICA KITCHEN
AND BAR
Café
Café
¥200

커플을 붙잡고 물어보는 것도 좋은 방법 중 하나다. 남자든 여자든 상대방에게 잘 보이고 싶어 하기 때문에 길 잃은 여행객을 홀대하지 않는다. 둘이 머리를 맞대고 고민해 길을 알려주는 경우가 많다. 게다가 그들의 일상에 나는 작은 에피소드를 안겨주는 셈이다. 영어로 이방인과 대화하는 이성 친구를 지켜보는 것은 얼마나 짜릿한 감동을 주는지!

그러다보니 꽤 흥미로운 사실을 하나 발견했다. 잘생긴 남성이나 매력적인 외모의 여성에게 길을 물어보면 친절하게 답해줄 확률이 높다는 것이다.

하루는 도쿄 시부야의 골목에 있는 카페를 찾기 위해 헤매던 중이었다. 지도상으로는 분명 그 근처 어디였는데 도무지 찾을 수 없었다. 몇 명을 붙잡고 물어봤지만 다들 모른다며 쌩하니 가버리는 통에 무척 난감했다. 그때 잡지에서 방금 튀어나온 듯한 스타일리시한 훈남이 자전거를 끌며 걸어가는 것이 보였다. 나는 그를 잡아채듯 막아서서 길을 물어보았다. 내 얼굴에 곤란한 기색이 역력했는지 그는 멈춰 서서는 "아, 거기 좀 찾기가 어려운데…." 하면서 따라오라고 했다.

50미터 정도를 함께 걸으며 여행자들이 흔히 들을 수 있는 질문들을 들었고 나는 성실히 답했다. 꼭 가고 싶었던 카페를 찾지 못하는 것이 아닌가했던 불안감과 퉁명스럽게 모른다고 대답하고 지나가버린 사람들에 대한 서운함은 훈남의 친절에 모두 사그라졌다. 그는 좋은 기억을 많이 만들고 가라며 인사를 하곤 자전거를 타고 사라졌다.

몇 시간 뒤, 다음 목적지로 옮기는 길에 또 길을 물어봤다. 이번에는 우타다 히카루를 닮은 여자였는데 그녀는 휴대전화를 꺼내더니 위치 추적을 하기 시작했다. 신호등이 파란불로 바뀌어도 가던 길을 가지 않고 한참 휴대전화를 들여다보던 그녀는 손짓발짓을 섞어가며 열심히 설명해주었다. 나는 눈을 반짝이며 길을 알려주는 그녀를 계속해서 쳐다봤다. 친절하면서도 매력적인 그녀와 이야기하는 것만으로도 기분이 좋아졌다.

여행은 스스로 써내려가는 옴니버스 영화의 시나리오일지도 모른다. 큰 세트는 일단 정해져 있고, 그 공간을 어떻게 꾸밀 것인지는 나에게 달려 있다. 혼자 독백하듯 모놀로그 스타일로 이야기를 전개할 것인지, 각각의 등장인물을 적절히 넣어 흥미 있는 에피소드로 풀어갈 것인지는 순전히 글을 쓰는 나의 몫이다. 길을 물어보는 짧은 에피소드에 한 명을 등장시키더라도 이야기를 풍성하게 해줄 수 있는 사람을 선택하면 여행이 즐거워진다.

그 이후, 시간 여유가 있을 때는 아무에게나 물어보지 않고 마음이 가리키는 사람에게 길을 묻는다. 말을 꼭 걸어야 할 것 같은 사람, 금방이라도 눈물을 터뜨릴 것 같은 사람, 어떤 경우에는 아이에게라도 말이다.

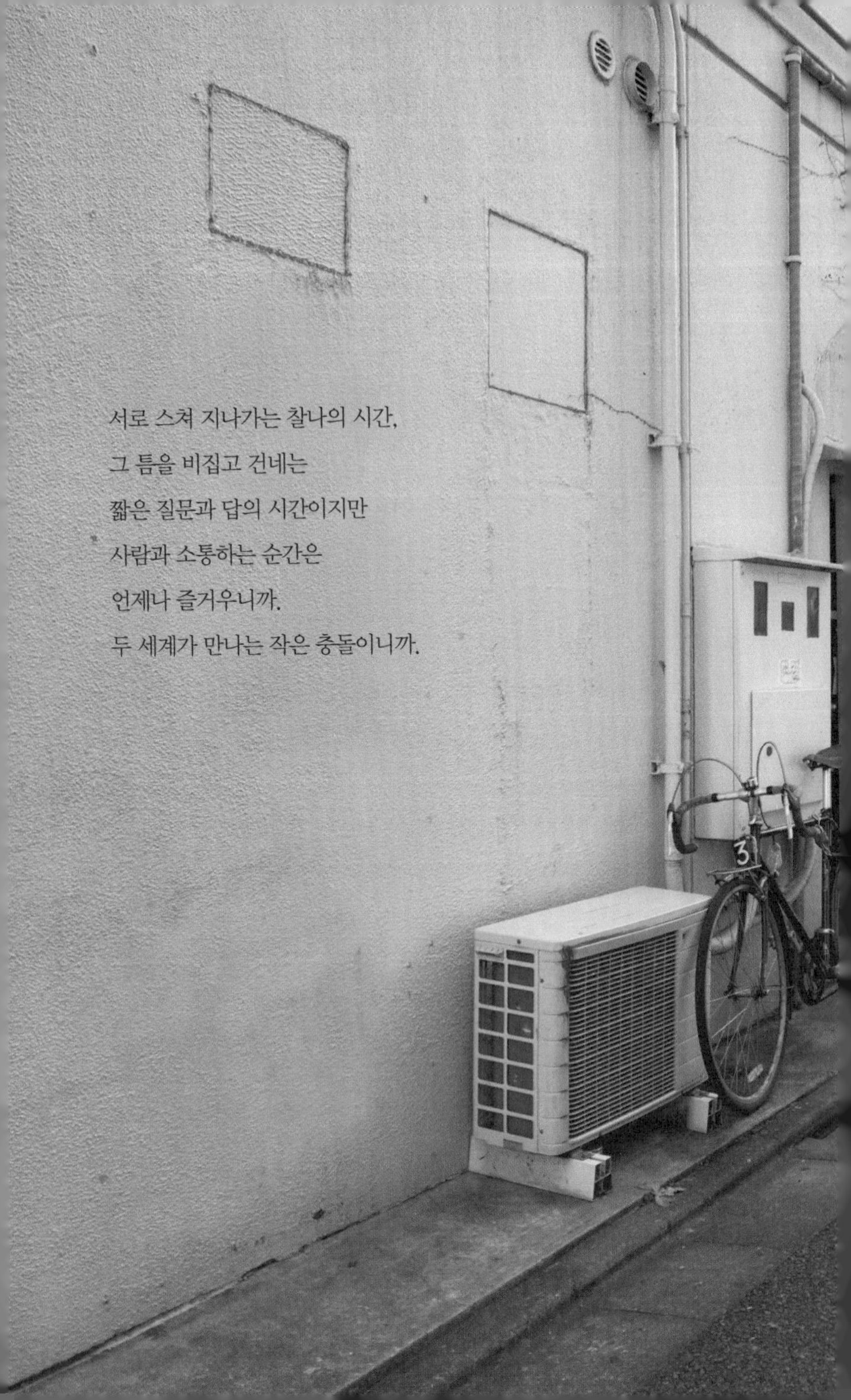

서로 스쳐 지나가는 찰나의 시간,
그 틈을 비집고 건네는
짧은 질문과 답의 시간이지만
사람과 소통하는 순간은
언제나 즐거우니까.
두 세계가 만나는 작은 충돌이니까.

인생은 그냥 흘러가는 것

잠시 내 손에 머물다 가는 것들을
잘 놓을 줄 안다면
내가 진정으로 소유할 수 있는 것은
아무것도 없다는 것을 안다면
인생을 여행하는 일은 생각보다 쉬울 것 같다.

영화 《아웃 오브 아프리카》에서
우리는 그저 지나갈 뿐이라고 했던
로버트 레드포드의 말처럼
인생은 머무르지 않고 흐르는 것.
세월이 흐르듯, 삶이 흘러가듯
시간도 흐르고 인연도 흐르는 것.

내가 할 일은
애써 잡으려고 발버둥 치는 게 아니라

그것들이 내게 잠시 머무는 동안

아끼고 사랑해주는 것이다.

함께 흘러갈 수 있도록 기대하며

같이 있는 동안 즐거워하며 말이다.

눈에 보이는 것이 전부는 아니기에

지구의 반대편, 혹은 장기 여행을 다녀올 때 시간이 조금 여유가 있으면 스톱오버를 하는 편이다. 항공료는 직항과 엇비슷하거나 스톱오버를 하는 항공편이 더 저렴한 경우도 있고, 평소에 가보지 못한 여행지를 가볼 수도 있다.

그렇게 별책부록처럼 덤으로 들르게 된 나라는 오스트리아의 비엔나. 인터넷 민박사이트에서 단독소형주택을 골라 예약하고, 사진에서 본 예쁜 집 구조와 아기자기한 소품들을 카메라에 담을 생각에 기분이 들떴다. 그런데 막상 가보니 얼마 전 리모델링을 한 터라 집안이 온통 페인트 냄새로 진동하고 있었고, 생각했던 것보다도 집이 너무 작았다. 새벽까지 거의 뜬 눈으로 잠을 자는 둥 마는 둥하고 스위스에서 날 보려고 찾아온 친한 동생에게 "언니, 사진발에 속는 건 애들이나 당하는 거지."라는 핀잔을 들어야 했다.

그러게, 사진발에 속다니.

무언가를 팔기 위해 찍은 사진은 언제나 최고의 것만을 담고, 최대의 것으로 포장하기 때문에 그 이상 무언가가 더 있을 거라며 상상의 범위를 넓히는 건 금지다. 그럴 경우 백이면 백, 실망하기 때문이다. 게다가 공간을 담아낸 사진은 사진 프레임 밖에도 어떤 여분의 공간이 존재할 것이라고 막연하게 기대를 하게 된다. 그 사진은 그 공간을 수많은 각도에서 나누어 찍은 사진들의 베스트 중의 베스트였을 텐데. 이런 실수 따윈 하지 않는 베테랑 여행자라 자부했던 내가 가엽기도 하고 웃기기도 했다.

살면서 만나는 사람에게 겪는 것도 이와 비슷하다. 처음 만날 때부터 상대방에 대해 모든 것을 알 수 없는데도 우리는 한두 시간의 대화로 상대방에 대해 잘 알게 된 것 같은 착각에 빠진다. 하지만

막상 더 깊이 알고 더 겪어볼수록 내가 처음에 느꼈던 감정이나 생각은 마치 예쁜 사진만 골라 올려놓은 민박집처럼 스스로 혹은 상대가 보여주고 싶은 대로 편집해놓은 것임을 깨닫게 된다. 베스트 중의 베스트를 전시해놓는다는 것을 잊고 그 뒤에 더 멋진 것들이 있을 거라고 막연히 기준을 세워두고선 상대방에 대해 실망하는 경우도 많다.

숙소를 고를 때 괜한 기대감으로 섣불리 계약하지 않듯, 사람도 부풀린 상상으로 섣불리 판단하지 말아야겠다. 내가 지금 바라보는 모습과는 다른 면이 존재하고 있을지도 모르니까. 그저 있는 그대로, 보이는 대로 사람을 대하는 것만이 언제나 좋은 사람들을 곁에 둘 수 있는 방법인 것 같다.

나를 바꾼
10달러짜리 샤워

나이 차이가 꽤 많이 나는 선배와 함께 여행을 한 적이 있다. 비행기를 갈아타기 위해 잠시 머물게 된 두바이 공항. 긴 시간의 비행 때문에 온몸이 천근만근 무겁고 머리도 감지 못해 찌뿌둥하던 찰나, 선배가 샤워실에 가자며 함께 있던 멤버들을 이끌었다. 선배는 한 명당 30분 샤워에 10달러라는 값비싼 비용을 선뜻 내주고는 쿨하게 먼저 샤워실로 들어갔다.

라벤더 향이 나는 샴푸와 버터크림 향의 바디클렌저 그리고 두툼하고 보송보송한 수건. 10달러의 사치였지만 값을 매길 수 없을 정도로 기분이 좋았다. 뭔가 새롭게 정비하는 기분이랄까, 무엇이든 다시 시작할 수 있을 것 같은 느낌이 들었다.

평소라면 여행이 원래 이렇지 뭐, 하며 공항 대기실에 노숙자처럼 누워 있었을 텐데 샤워 한 번에 지친 마음이 180도 달라졌다. 다음 비행기를 기다리는 내내 새로운 하루를 시작하듯 좀 더 열정적이 되었다.

감사했다. 샤워를 하게 해준 그분의 세월의 지혜가.

벽이 아무리
높다 해도

크기를 가늠할 수 없는 벽일지라도
우연처럼 사람이 등장하면
그 크기를 짐작할 수 있게 된다.

사는 게 막막하게 느껴질 때
내가 짊어진 삶의 무게가
넘어서야 할 장애물의 크기가
도저히 가늠되지 않을 때는
잠시 멈춰 서 있어도 괜찮다.
시간이 지나면
조금씩 그 무게와 크기를
알 수 있게 될 테니까.

결국 깨닫는 건
이 모든 광경이 카메라에 담기듯

내 눈에 담을 수 있는 만큼
내가 감당할 수 있는 만큼만
주어진다는 사실이다.

결코 인생이 쉽지는 않지만
감당하지 못할 것도 없다.

원, 투,
스마일

어쩌면
인생은 연출이다.
정해진 그림을 만들어내고
최대한 밝게 웃으려 노력하는.

나와 또 한 명의 주인공.
그리고
둘 사이에 함께 있어줄 누군가가 있다면
우리는 이토록 행복한 그림을
만들어낼 수 있다.

행복해서 행복한 게 아니라
행복은 만드는 것이다.
내가 주인공이 되어
이렇게.

Your superior supplies
are on the way.
Imperial
NO PARKING
KAT
Souk

510
MOET & CHANDON
Souk
PLEASE KEEP THE NOISE DOWN
& RESPECT OUR NEIGHBORS

떠나고 싶을 때는
주저하지 않고 떠나야 한다

2주 후면 북유럽으로 잠시 여행을 다녀온다. 남들은 따뜻한 나라로 떠나는 겨울에 나는 더 추운 곳으로 가기로 결정했다. 어쩌면 내 마음이 더 혹독한 추위를 견딜 수 있을 만큼 용기가 생겼거나 혹한을 견딜 정도로 단단해졌는지 시험해보고 싶기 때문인지도 모른다. 그 무엇이어도 좋다. 이미 깊어진 겨울을 향해 갈 수 있다고 생각한다는 것 자체가 달라진 나를 증명하는 것이니까.

나에게 여행을 떠난다는 건 빡빡한 현실에서의 도피나 못 말리는 방랑벽에서 나온 비정기적 탈출 행위는 아니다. 그건 무대 위에 서 있던 나를 관객석으로 잠시 내려놓고 조금 더 객관적으로 나를 돌아보기 위함이며, 새로운 환경에 밀어 넣어 나를 자극하고 단련하는 일종의 현장 학습과도 같다. 결국 우리는 모두 세상에 잠시 머물다 가는 여행자이니 조급해 하거나 집착하지 말라며 중심을 잡아주는, 나의 내면이 이끄는 발걸음인 것이다.

나는 그저 떠나는 것을 좋아하는 사람인지도 모른다. '떠남'이라는 단어에는 설렘과 두려움의 감정이 고스란히 묻어 있다. '시작' 혹은 '처음'이라는 단어에도 이 감정이 동일하게 존재하듯이.

처음 학교에 들어가고, 처음 중학생이 되고, 처음으로 고등학교 배지를 달고, 첫 직장에 들어갈 때까지는 '시작'과 '처음'이라는 단어는 때에 맞춰 정기적으로 인생을 방문해준다. 그런데 그 이후 어느 순간부터는 각자의 시간표에 따라 다르게 온다. 점차 '처음'이라는 단어를 붙일 일이 삶에서 사라지게 되고, 설렘과 두려움 사이에 펼쳐지는 밀당의 짜릿함을 겪는 일도 드물어진다. 그래서 우리는 '떠나기'를 갈망하게 되는지도 모른다. 그 설렘이, 그 긴장감이 그립기에.

친구들은 내게 말한다. 하늘에 뿌린 기름 값으로 집을 한 채 사고도 남았을 거라고. 하지만 나는 머물기보다 움직이며 길을 내는 것이 더 좋다. 그게 나니까.

길 위에서 만난 사람들의 이야기를 듣고, 나와 다른 가치관을 갖고 있는 사람들의 삶을 관찰하고, 낯선 도시에서 이방인으로 때론 철저하게 홀로 존재해보는 것, 내가 중요하다 생각하는 것들을 소유하지 않고도 행복하게 사는 사람들의 웃음을 보는 것, 나의 고민이 다른 사람들의 고민과 별다를 게 없음을 혹은 나의 고민이 어떤 사람들에게는 아무 것도 아닐 수 있다는 것을 깨닫는 것.

여행이 우리에게 주는 선물은 생각보다 많다.

나는 떠난다.

내 삶의 속도를 다른 이와 비교하기 시작할 때,

마음에 감기가 걸렸을 때,

힘차게 뛰어오르기 전 잠시 숨을 고르기 위해,

내 안의 상처를 더 깊이 들여다보기 위해,

낯선 사람들에게서 받는 친절을 경험하기 위해,

스스로 쌓은 벽을 빠져나와 다시 한번 깨어지기 위해.

떠나고 싶을 때는 주저하지 않고 떠나야 한다는 걸

지금까지의 여정이 증명해주었기에.

그래서

나에게 여행은 그리움의 몸짓이다.

잃어버린 나에 대한, 잊어버린 나에 대한.

그것은 열정의 몸짓이다.

흘러간 시간을 쫓아 내일을 마중 나가는.

INDIA